〔清〕纳兰性德◎著

陈如江　汪政◎编注

一片幽情冷处浓

纳兰词

人民文学出版社

图书在版编目(CIP)数据

一片幽情冷处浓:纳兰词/(清)纳兰性德著;陈如江,汪政编注.
—2版.—北京:人民文学出版社,2016(2024.2重印)
(恋上古诗词:版画插图版)
ISBN 978-7-02-012168-7

Ⅰ.①一… Ⅱ.①纳… ②陈… ③汪…
Ⅲ.①纳兰性德(1654—1685)-词(文学)-文学欣赏
Ⅳ.①I207.23

中国版本图书馆 CIP 数据核字(2016)第 268688 号

责任编辑:**葛云波**
特约策划:**吕昱雯**
装帧设计:**汪佳诗**

出版发行　**人民文学出版社**
社　　　址　**北京市朝内大街 166 号**
邮政编码　**100705**

印　　刷　**山东新华印务有限公司**
经　　销　**全国新华书店等**

开　　本　**890 毫米×1240 毫米　1/32**
印　　张　**6.75**
插　　页　**2**
字　　数　**150 千字**
版　　次　**2009 年 11 月北京第 1 版　2017 年 1 月北京第 2 版**
印　　次　**2024 年 2 月第 6 次印刷**

书　　号　**978-7-02-012168-7**
定　　价　**45.00 元**

如有印装质量问题,请与本社图书销售中心调换。电话:010-65233595

前　言

　　纳兰性德(1655—1685),原名成德,后改性德,字容若,号楞伽山人。其先祖为蒙古人,姓土默特,后改姓纳兰。其高祖金台什死于满人部族战争,其祖倪迓韩受爱新觉罗氏重用,随清皇太极、多尔衮入关,为满洲正黄旗。其父明珠,权倾朝野。性德于清康熙十三年(1674)娶两广总督尚书卢兴祖之女为妻,婚后三年,卢氏死于难产。三年后续娶官氏。此外,性德在娶卢氏前曾纳颜氏为妾。后又曾纳江南艺妓沈宛为妾,不久因故分离。性德共有子女七人。

　　性德十七岁补诸生,十八岁举顺天乡试。康熙十五年,性德成进士,康熙十七年授乾清门三等侍卫,后晋迁为一等。侍卫乃皇帝的贴身随从,故曾多次护驾出巡,到过京畿、塞外、关东、山西和江南,并曾奉使梭龙,侦察沙俄侵边的情况。性德自幼聪颖好学,长而博通经史,工书法,长于书画品鉴。尤好填词,以之名世。其著述颇丰,今存《通志堂集》,其中有诗四卷,词四卷,文五卷。他还编刻过《词韵正略》、《今词初集》、《大易集义粹言》、《通志堂经解》等书。

性德虽为蒙古裔满人,却深受汉文化浸淫。生性敏感,情感细腻,极重夫妻之情。爱妻卢氏亡故后所作的大量悼亡词,情深意切,缠绵婉约,令人不忍卒读。严迪昌在《清词史》中说:"纳兰的悼亡词不仅拓开了容量,更主要的是赤诚醇厚,情真意挚,几乎将一颗哀恸追怀、无尽依恋的心活泼泼地吐露到了纸上。所以是继苏轼之后在词的领域内这一题材作品最称卓特的一家。"此外,性德珍视友情。出身权门的他,超越了当时普遍存在的满汉种族之见,与身处低微的汉族知识分子结为莫逆,并尽其所能为友人提供政治上的庇护和经济上的资助,故而存有不少怀友、送别之作。性德身为八旗子弟,文武相济,不乏经济抱负,但对"倚柳题笺,当花侧帽"的娴雅生活更为向往。长期侍卫职守、出充车马的单调生活令生性不羁的词人厌倦苦恼,从而创作了许多抒发羁旅行役之苦的边塞词,于苍茫的景物中寄寓身世之感,以泄胸中郁闷。另外,朝廷党派斗争的纷扰污秽,令他对现实政治产生了畏避之心。因而,其怀古咏史之作常流露出世事难料、兴衰无常的感伤情绪。性德是一位多情之人,除了抒写夫妻深情,还作有大量表现情侣爱恋、描绘女子情思的作品。性德的词总是从不同的角度展示其多维的性情,以本色的语言描述其真实的感受。

性德被誉为清初"满族第一词人",他的词风接近南唐后主李煜,同时也受到《花间集》和晏几道的影响。他的词中不乏华丽的辞藻,却绝少矫饰造作,无论抒情写景,皆真挚自然,直抒胸臆。王国维说:"(性德)以自然之眼观物,以自然之舌言情,此由初入中原,未染汉人风气,故能真切如此。北宋以来,一人而已。"(《人间词话》)他给词这种渐渐失去生活本色的文体带来了新的活力和生机。有人以为其词过于伤感,且生活面狭窄,其实在中国文学发展史上,缺少的正是这类展示作家真诚心灵的作品。纳兰词不仅在清代独树一帜,而且在整个词史上也具有重要的地位。

为适应普通诗词爱好者的阅读需要,本选本在作品的选择上以小令短调为主,在注释方面注意参考今人成果,力求详尽浅易。部分篇目还附有历代词评家的点评,以助读者深入理解。限于水平,书中谬误在所难免,望读者批评指正。

目录

采桑子

居庸关①

嶲周声里严关峙②，匹马登登③，乱踏黄尘，听报邮签第几程④。　　行人莫话前朝事，风雨诸陵⑤，寂寞鱼灯⑥，天寿山头冷月横⑦。

注释

① 这是一首怀古之作,含蕴了词人对兴亡盛衰的感慨。居庸关:位于北京昌平西北,地势险要。

② 嶲(guī归)周:即杜鹃,又称子规。严关峙:险峻的关隘高耸貌。

③ 登登:马蹄声。

④ 邮签:驿馆夜间报时的器具。

⑤ 诸陵:指明十三陵。

⑥ 鱼灯:坟冢中的灯。《史记·秦始皇本纪》:"葬始皇骊山……以人鱼膏为烛,度不灭者久之。"

⑦ 天寿山:明代皇陵(十三陵)所在地。

采桑子①

彤霞久绝飞琼字②，人在谁边③，人在谁边，今夜玉清眠不眠④。　　香销被冷残灯灭，静数秋天，静数秋天，又误心期到下弦⑤。

注释

① 据清人笔记记载，作者曾爱恋过一名宫女，这首词可能为其而作。全词用含蓄的笔法表现了真挚的爱情。

② 彤(tóng 铜)霞：红霞。道家认为，仙人居所有彤霞翳护。飞琼：女仙名。《逸史》："瑶台有仙女三百余人，一人自云许飞琼。遣赋诗，及成，又令改，曰：'不欲世间知有我也。'"这里借指所爱的女子。字：指书信。

③ 谁边：哪里。

④ 玉清：仙境名，道教三清境之一，此处暗喻皇宫。

⑤ 心期：心愿，期望。下弦：即下弦月，指农历每月二十三日前后的月亮。

采桑子①

谁翻乐府凄凉曲②，风也萧萧③，雨也萧萧，瘦尽灯花又一宵④。　　不知何事萦怀抱，醒也无聊，醉也无聊，梦也何曾到谢桥⑤。

《采桑子》（谁翻乐府凄凉曲）

注释

① 这首词描写词人孤寂无聊的生活和对情人的苦苦相思。

② 翻乐府：指填词。翻，按曲调作歌词。

③ 萧萧：风雨之声。

④ "瘦尽"句：谓望着灯花渐渐燃尽而彻夜不眠。灯花，灯芯的
　　余烬，爆成花形。

⑤ 谢桥：古人常称所恋女子为谢娘，称其所居之处为谢桥、谢家。

辑评

　　谭莹曰：容若词固自哀感顽艳，有令人不忍卒读者。至如
《采桑子》句云"瘦尽灯花又一宵"，《浣溪沙》句云"生怜瘦减一分
花"，《浪淘沙》句云"红影湿幽窗，瘦尽春光"等，窃谓《词苑丛谈》
称沈江东嘲毛稚黄有"三瘦"之目，固当以移赠容若耳。（粤雅堂
本《饮水集》）

　　陈廷焯曰：（结尾三句）凄凄切切，不忍卒读。（《云韶集》）
又曰：哀婉沉著。（《词则·别调集》）

采桑子①

严宵拥絮频惊起②，扑面霜空③，斜汉朦胧④，

冷逼毡帏火不红⑤。　香篝翠被浑闲事⑥，回首西风，何处疏钟⑦，一穗灯花似梦中⑧。

注释

① 这首词叙写词人夜宿塞上的孤苦。全词通过美好的回忆与冰冷的现实并举，产生强烈的艺术对比效果。

② 严宵：寒夜。拥絮：半卧以棉被围裹下体。絮，粗丝棉，此指棉被。

③ 扑面霜空：即霜空扑面。

④ 斜汉：倾斜的银河。秋日银河斜向西南。

⑤ 毡帏(zhān wéi 沾围)：用毡做的帐篷。毡，用兽毛碾合成的片状物。帏，帐。

⑥ 香篝(gōu 沟)：熏笼。古代室内焚香之具。浑：犹全。

⑦ 疏钟：稀疏的钟声。

⑧ 穗(suì 岁)：谷类结实的顶端部分，此喻灯花。

采桑子①

冷香萦遍红桥梦，梦觉城笳②，月上桃花，雨歇春寒燕子家。　筚篥别后谁能鼓③，肠断天涯，暗损韶华④，一缕茶烟透碧纱。

注释

① 这首词抒写与爱人分别后的苦闷心情。

② "冷香"二句：谓梦中在清香弥漫的红桥上与爱人相伴，却被城头胡笳的悲鸣惊醒。冷香，清香。红桥，此指一般的赤栏桥。笳，胡笳，一种从北方游牧民族传入的类似笛子的乐器。

③ "箜篌"句：谓所爱的女子离去后没人再来弹箜篌了。箜篌，一种形似琵琶的弹拨乐器，诗词中常作为思妇怀人的象征。鼓，弹奏。

④ 暗损韶华：谓美好的青春年华暗暗消耗。韶(sháo 芍)华，美好的年华。

辑评

陈廷焯曰：(上片)凄艳入神。("肠断"三句)凄绝。(《云韶集》)

采桑子

九　日①

深秋绝塞谁相忆②，木叶萧萧③，乡路迢迢④，六曲屏山和梦遥⑤。　　佳时倍惜风光别⑥，不为登高，只觉魂销，南雁归时更寂寥。

注释

① 这首词抒发远行塞外的词人在重阳佳节的无限乡思。九日：农历九月初九重阳节。重阳节有登高之俗。

② 绝塞：极远之边塞。

③ 萧萧：木叶摇动貌。

④ 乡路：回乡之路。迢迢：遥远貌。

⑤ "六曲"句：谓故乡遥远，连梦中也难以企及。六曲屏山，十二扇的屏风，叠作六曲，此处指代家园。

⑥ "佳时"句：意谓重阳佳节之际，正是故园大好风光之时，客居在外，令人倍增离愁。

采桑子

咏春雨①

嫩烟分染鹅儿柳②，一样风丝③，似整如欹④，才着春寒瘦不支。　　凉侵晓梦轻蝉腻⑤，约略红肥⑥，不惜葳蕤⑦，碾取名香作地衣⑧。

注释

① 这是一首咏物词,全篇对所咏的对象——春雨并未作直接描摹,而是通过柳丝、蝉鬓、花朵等物象来渲染无所不在的春雨。

② 嫩烟:喻烟雾般的春雨。鹅儿柳:鹅黄色的嫩柳。

③ 一样风丝:谓春雨像风中的柳丝一样。

④ 似整如敧:若直若斜貌。

⑤ 轻蝉:轻盈的蝉鬓。蝉,蝉鬓,古代妇女的一种发式。腻:润泽。

⑥ 约略红肥:谓红花着微雨而略微显得重了。约略,略微。红肥,花艳而重。

⑦ 不惜葳蕤:谓春雨不知怜惜娇丽的花朵。葳蕤,花草茂盛下垂貌,此指花。

⑧ 名香:此指落花。地衣:地毯。

采桑子①

那能寂寞芳菲节②,欲话生平,夜已三更,一阕悲歌泪暗零③。　　须知秋叶春花促④,点鬓星星⑤,遇酒须倾,莫问千秋万岁名⑥。

8

注释

① 这首词抒发年华似水的感叹。词人意识到，人生苦短，转瞬即逝，功名不过是过眼烟云，能做的唯有及时行乐。

② 芳菲节：指春天。芳菲，花草的芳香。

③ 一阕：一首。零：落。

④ "须知"句：意谓要知道时光的飞逝。

⑤ 鬓：鬓发。星星：喻鬓发花白。谢灵运《游南亭》："戚戚感物叹，星星白发垂。"

⑥ "遇酒"二句：表达及时行乐的思想。李白《行路难三首》其三："且乐生前一杯酒，何须身后千载名。"

采桑子①

　　桃花羞作无情死，感激东风，吹落娇红，飞入窗间伴懊侬②。　　谁怜辛苦东阳瘦③，也为春慵④，不及芙蓉⑤，一片幽情冷处浓。

注释

① 这是一首伤春之作，抒发暮春之际对春色流逝的感伤。

② 懊侬：忧愁，烦恼。这里指忧愁之人。

③ 东阳:地名,在今浙江省,南朝沈约曾任东阳太守。《南史·
  沈约传》:"(沈约)以书陈情于(徐)勉,言已老病,百日数旬,
  革带常应移孔,以手握臂,率计月小半分。"此处以沈约
  自比。
④ 慵:慵懒。
⑤ 芙蓉:荷花。

采桑子

塞上咏雪花①

非关癖爱轻模样②,冷处偏佳,别有根芽,不是
人间富贵花③。　　谢娘别后谁能惜④,漂泊天涯,
寒月悲笳⑤,万里西风瀚海沙⑥。

注释

① 这首咏物词以拟人的手法刻画雪花的高洁品性,流露出词人
  不随流俗的人格操守。
② "非关"句:谓并非由于癖爱轻盈飘飞的雪花。
③ 富贵花:指牡丹或海棠。周敦颐《爱莲说》:"牡丹,花之富贵
  者也。"陆游《留樊亭三日王觉民检详日携酒来饮海棠下比去

花亦衰矣》诗:"何妨海内功名士,共赏人间富贵花。"

④ "谢娘"二句:谓自从谢道韫故去后,飞扬的雪花再也无人怜惜。谢娘,指晋朝的谢道韫,她是谢安的侄女。据刘义庆《世说新语·言语》载,一日正值大雪,谢安便问:"纷纷的白雪像什么?"谢朗说:"撒盐空中差可拟。"谢道韫答道:"未若柳絮因风起。"

⑤ 筎:胡筎。

⑥ 瀚海:沙漠,此指塞外之地。

采桑子①

　　海天谁放冰轮满②,惆怅离情,莫说离情,但值凉宵总泪零③。　　只应碧落重相见④,那是今生⑤,可奈今生⑥,刚作愁时又忆卿。

注释

① 这首词描写词人在中秋之夜对亡妻卢氏的无尽思念。

② 冰轮:指明月。

③ 零:落。

④ 碧落:青天。白居易《长恨歌》:"上穷碧落下黄泉,两处茫茫

皆不见。"

⑤ 那是:犹哪是。

⑥ 可奈:怎奈。

采桑子①

　　明月多情应笑我②，笑我如今，辜负春心③，独自闲行独自吟。　　近来怕说当时事，结遍兰襟④，月浅灯深，梦里云归何处寻⑤。

注释

① 词人曾娶江南艺妓沈宛为侍妾，后被迫分离，这首词似为怀念沈宛而作。

② "明月"句：谓明月应笑我多情。苏轼《念奴娇·赤壁怀古》词："故国神游，多情应笑我，早生华发。"

③ 春心：指春日景色所引发的情感。《楚辞·招魂》："目极千里兮伤春心，魂兮归来哀江南。"

④ 结遍兰襟：谓与爱慕的女子情意深切。晏几道《采桑子》词："结遍兰襟，遗恨重寻，弦断相如绿绮琴。"兰襟，女子衣衫之美称，此处指代女子。

⑤ "月浅"二句:晏几道《清平乐》词:"梦云归处难寻,微凉暗入香襟。忧恨那回庭院,依前月浅灯深。"

采桑子①

　　而今才道当时错②,心绪凄迷,红泪偷垂③,满眼春风百事非。　　情知此后来无计,强说欢期④,一别如斯,落尽梨花月又西。

注释

① 这首词系怀念侍妾沈宛,抒发了自己的怨悔之情。

② 才道:才知。

③ 红泪:美人泪。

④ "情知"二句:谓明知无法回来相会,却强说欢聚的日期。无计,无法。欢期,佳期。

辑评

　　梁启超云:哀乐无常,情感热烈到十二分,刻画到十二分。

《中国韵文里头所表现的情绪》

采桑子^①

拨灯书尽红笺也^②，依旧无聊，玉漏迢迢^③，梦里寒花隔玉箫^④。　　几竿修竹三更雨^⑤，叶叶萧萧，分付秋潮，莫误双鱼到谢桥^⑥。

注释

① 这首词抒写对情人的思念。

② 红笺(jiān 坚)：红色信纸。

③ 玉漏：玉制计时器，即漏壶。秦观《南歌子》词："玉漏迢迢尽，银潢淡淡横。"迢迢：遥远貌，此指时间长久。

④ "梦里"句：谓即使在梦中与爱慕的女子仍旧相隔很远。寒花，菊花。此指爱慕的女子。隔玉箫，暗示相隔之远。

⑤ 修：长。

⑥ "分付"二句：谓将书信交付给秋潮，并期盼书信能到达所恋女子处而不被延误。分付，有交付之意。毛滂《惜分飞》词："今夜山深处，断魂分付潮回去。"秋潮，秋天的江水。双鱼，指书信。《古乐府》："客从远方来，遗我双鲤鱼，呼儿烹鲤鱼，中有尺素书。"谢桥，古人常称所恋女子为谢娘，称其所居之处为谢桥、谢家。

采桑子①

凉生露气湘弦润，暗滴花梢②，帘影谁摇③，燕蹴风丝上柳条④。　　舞鹍镜匣开频掩⑤，檀粉慵调⑥，朝泪如潮，昨夜香衾觉梦遥⑦。

注释

① 这首词描写闺中女子无聊的生活及对远方爱人的思念。

② "凉生"二句：谓因凉而生的露气湿润了琴弦，露珠无息地滴于花梢。湘弦，屈原《远游》："使湘灵鼓瑟兮，令海若舞冯夷。"故称琴瑟之弦为湘弦。

③ "帘影"句：即谁摇帘影。

④ 蹴(cù 促)：踩，踏。风丝：风中的柳丝。

⑤ "舞鹍"句：谓对镜理妆而毫无意绪，故反复开掩镜匣。舞鹍，指镜背镌刻的鸟形装饰图案。鹍(kūn 昆)，形似鹤，黄白色。

⑥ "檀粉"句：谓懒得调匀檀粉。檀粉，淡红褐色的眉粉，女子化妆所用。

⑦ "朝泪"二句：谓昨夜的好梦已经远去，只剩带有香味的被子，晨起倍觉凄凉而泪如雨下。

《采桑子》（凉生露气湘弦润）

采桑子①

　　谢家庭院残更立②，燕宿雕梁，月度银墙③，不辨花丛那辨香④。　　此情已自成追忆⑤，零落鸳鸯，雨歇微凉，十一年前梦一场。

注释

① 这首词抒发对亡妻卢氏的哀思。在昔日的销魂相约与如今的孤苦境遇的对比中，词人的感情愈显凄切沉痛。

② 谢家庭院：指代爱人居处。谢家，古人常称所恋女子为谢娘，称其所居之处为谢桥、谢家。

③ 银墙：粉墙。

④ "不辨"句：元稹《杂忆诗五首》其三："寒轻夜浅绕回廊，不辨花丛暗辨香。"

⑤ "此情"句：李商隐《锦瑟》诗："此情可待成追忆，只是当时已惘然。"

鹊桥仙

七　夕①

　　乞巧楼空，影娥池冷，佳节只供愁叹②。丁宁休曝旧罗衣，忆素手、为予缝绽③。　　莲粉飘红，菱丝翳碧，仰见明星空烂④。亲持钿合梦中来⑤，信天上、人间非幻⑥。

注释

① 这是一首悼亡词。词人妻子卢氏死于康熙十六年五月，这首词约作于是年七月。"丁宁"二句的描写最能见出词人对亡妻的深情。七夕：农历七月初七夜为七夕。《荆楚岁时记》："七月七日为牵牛织女聚会之夜。"

② "乞巧楼"三句：谓正逢七夕佳节，但却孤单寂寞，反而更生愁绪。乞巧楼，旧时七夕夜为了乞巧而搭设于庭院中的彩饰棚架，又称彩楼。影娥池，汉代皇宫内有影娥池。

③ "丁宁"二句：意谓叮咛下人别再晒旧衣服了，因为这是亡妻亲手为我缝制的，看见了会让人倍加伤心。旧时七月初七有晒衣之俗。丁宁，即叮咛。曝(pù 瀑)，晒。缝绽，指缝合衣服。

④ "莲粉"三句：谓荷塘上莲花飘动，菱丝遮盖了碧波，仰望天空星光灿烂。莲粉，莲花。菱丝，菱蔓。翳(yì 亦)，遮盖。

⑤ 钿(diàn 电)合：钿盒，金饰之盒。白居易《长恨歌》："唯将旧物表深情，钿合金钗寄将去。钗留一股合一扇，钗擘黄金合分钿。但令心似金钿坚，天上人间会相见。"《杨太真外传》："(玉妃)悯然指碧衣女取金钗钿合，折其半授使者，曰：'为我谢太上皇，谨献是物，寻旧好也。'"

⑥ "信天上"句:谓相信天上人间的情缘并非虚幻。

鹊桥仙^①

梦来双倚,醒时独拥^②,窗外一眉新月。寻思常自悔分明,无奈却、照人清切^③。 一宵灯下,连朝镜里^④,瘦尽十年花骨^⑤。前期总约上元时^⑥,怕难认、飘零人物^⑦。

注释

① 这首词以女子的口吻描述情人离别后的孤苦之情。

② "梦来"二句:谓梦中两人相倚,醒来独自一人拥被而已。

③ "寻思"二句:意谓回想起来常十分悔恨,怎奈又逢明月清切照人。清切,清晰真切。

④ 连朝:犹每日早晨。

⑤ 花骨:喻女子弱骨。

⑥ 前期:从前的期约。上元:元月元宵,农历正月十五。旧俗以元夜张灯,所以又叫灯节。

⑦ "怕难认"句:意谓担心对方认不出历经漂泊的自己。苏轼《江城子》词:"纵使相逢应不识,尘满面,鬓如霜。"

菩萨蛮

为陈其年题照①

乌丝曲倩红儿谱②，萧然半壁惊秋雨③。曲罢髻
鬟偏④，风姿真可怜。　　须髯浑似戟⑤，时作簪花
剧⑥。背立讶卿卿⑦，知卿无那情⑧。

注释

① 这首词以诙谐传神的笔墨刻画了友人貌似粗豪而不乏情韵
的性格特点。陈其年：陈维崧（1625—1682），字其年，号迦
陵，江苏宜兴人。清初阳羡词派领袖，著有《湖海楼词》三十
卷。另有《迦陵文集》十卷、《湖海楼诗》八卷。题照：在画像
上题词。

② 乌丝曲：即《乌丝词》，陈维崧最初的词集。红儿：唐代歌女杜
红儿，此泛指歌女。

③ 萧然：荒凉冷落貌。

④ 髻鬟：女子发髻。严绳孙《金缕曲序》："题其年小照填词图，
有姬人吹玉箫倚曲。"可见陈维崧的画像中尚有一吹箫女子。

⑤ "须髯"句：谓陈维崧的胡须浓密。髯（rán 然），胡子。

⑥ 簪花剧：谓戴上花戏耍。古时遇典礼、宴会或佳节，一般都
戴花。

⑦ 讶：惊讶。卿卿：男女间的昵称。

⑧ 无那情:无法控制感情。无那(nuò 诺),无奈。

菩萨蛮①

荒鸡再咽天难晓②,星榆落尽秋将老③。毡幕绕牛羊④,敲冰饮酪浆⑤。　　山程兼水宿,漏点清钲续⑥。正是梦回时⑦,拥衾无限思⑧。

注释

① 这首词以边地的荒凉和行役之苦来反衬自己的思乡之情。

② 荒鸡:旧时称夜三鼓前鸣叫的鸡为荒鸡。再咽:谓第二遍鸡鸣已歇。

③ 星榆:指群星,形容密布的群星有如色白成串的榆钱。老:尽。

④ 毡(zhān 沾):用兽毛碾成的片状物。

⑤ "敲冰"句:意谓由于天气寒冷,乳浆冻结,饮前需敲碎表面的冰。酪,一种乳制品。

⑥ "山程"二句:跋山涉水,敲钲声连着漏点声。意谓行役劳苦,夜以继日。漏点,漏壶滴下的水点。清钲(zhēng 征),清脆的钲声。钲,锣之类的打击乐器,行军时用以节止步伐。

⑦ 梦回:梦醒。

⑧ 拥衾:半卧以棉被围裹下体。

菩萨蛮①

飘蓬只逐惊飙转②,行人过尽烟光远。立马认河流③,茂陵风雨秋④。　　寂寥行殿锁⑤,梵呗琉璃火⑥。塞雁与宫鸦⑦,山深日易斜。

注释

① 这是一首怀古词。词人途经前朝皇陵,满眼萧瑟寂寥,于是将满腔凄凉倾注词中。

② 飘蓬:飞扬的蓬蒿草。惊飙(biāo 标):狂风。

③ 认河流:通过辨别河的流向以定方位。

④ 茂陵:指明宪宗陵墓,在今北京昌平北天寿山,此处泛指明十三陵。

⑤ 行殿锁:谓行宫深闭貌。

⑥ 梵呗(fàn bài 范败):佛教徒念经之声。琉璃火:佛寺内供佛用的玻璃灯。以后者反衬前者之萧条。

⑦ 宫鸦:栖息于行宫中的乌鸦。

菩萨蛮①

　　黄云紫塞三千里②，女墙西畔啼乌起③。落日万山寒，萧萧猎马还④。　　笳声听不得⑤，入夜空城黑。秋梦不归家，残灯落碎花⑥。

注释

① 这首描写边塞生活的词作于妻子卢氏病故后，全篇充溢了凄楚悲苦之情。

② 黄云：指边塞之云。紫塞：原指长城，此泛指边塞。崔豹《古今注·都邑》："秦筑长城，土色皆紫，汉塞亦然，故称紫塞焉。"

③ 女墙：城墙上呈凹凸形的小墙。

④ 萧萧：马嘶声。

⑤ 笳：胡笳。

⑥ 花：指灯花。灯芯的余烬，爆成花形。

菩萨蛮①

　　梦回酒醒三通鼓②，断肠啼鴂花飞处③。新恨隔红窗，罗衫泪几行。　　相思何处说，空有当时月。

月也异当时，团圞照鬓丝④。

注释

① 这首词借月色表现了词人相思难眠的孤寂和岁月流逝的
　　感伤。

② 三通鼓:谓已敲三更鼓。

③ 啼鴃(jué 绝):杜鹃,又称子规,其鸣声哀苦,故曰"断肠啼鴃"。

④ 团圞(luán 峦):圆貌。鬓丝:鬓边白发。

菩萨蛮①

　　新寒中酒敲窗雨②,残香细学秋情绪③。端的是
怀人④,青衫有泪痕⑤。　　　相思不似醉,闷拥孤衾
睡。记得别伊时,桃花柳万丝。

注释

① 这首词以秋雨残香起兴,点出怀人主旨,再将此刻的孤独与
　　当日离别的情形相对照,凸显相思之苦。

② 中酒:病酒,饮酒沉醉。

③ "残香"句:谓香烟袅袅,向人细诉悲秋之怀。学,诉说。

④ 端的:究竟。

⑤ "青衫"句:白居易《琵琶行》:"座中泣下谁最多,江州司马青衫湿。"

菩萨蛮①

　　乌丝画作回文纸②,香煤暗蚀藏头字③。筝雁十三双④,输他作一行⑤。　　相看仍似客⑥,但道休相忆。索性不还家,落残红杏花⑦。

注释

① 这首词描写夫妻间的相思,全篇以妻子的来信为主线,通过成双成对的"筝雁"及相见"仍似客"的情形来诉说离别给双方带来的痛苦。

② "乌丝"句:意谓妻子寄来书信。乌丝,即乌丝栏,于缣帛上下以乌丝织成栏,其间用朱墨界行。后也指印有墨线格子的卷册。回文,一种诗体,字句回旋往复,都能成文。据《晋书·窦滔妻苏氏传》载,窦滔妻苏蕙,善属文。滔仕途不顺,被徙流沙。苏氏织锦为《回文璇图诗》以赠滔。诗长八百四十字,可宛转循环以读,词甚凄婉。

25

③ "香煤"句:意谓妻子用墨将来信中诗句的第一个字涂掉,要丈夫猜测。香煤,添加了香料的煤,此指墨。藏头,即藏头诗,有三说:一谓作律诗于末联方点明题意;二谓将诗句头一字暗藏于末一字中;三谓将所言之事分藏于诗句之首,每句诗的首字可连成话语。此处应取第三说。

④ 筝雁:筝的弦柱。筝的弦柱斜行排列,如飞雁的队列,故曰"筝雁"。十三双:筝有十三弦,每弦两端各有一柱,故称"十三双"。

⑤ "输他"句:意谓夫妻分居两地,还不及筝柱。

⑥ "相看"句:意谓夫妻相见的机会很少,故曰"仍似客"。

⑦ "索性"二句:乃妻子信中的赌气话。谓索性别回家了,杏花都落了,还回来做什么!

菩萨蛮①

　　窗前桃蕊娇如倦,东风泪洗胭脂面②。人在小红楼③,离情唱《石州》④。　　夜来双燕宿,灯背屏腰绿⑤。香尽雨阑珊⑥,薄衾寒不寒。

注释

① 这首词描写闺中女子清冷孤寂的幽怨情怀。《石州》曲代表

离别的感伤,双燕反衬女子的孤独。

② 胭脂面:指女子的妆面。

③ 红楼:闺楼。

④《石州》:唐代商调曲名。商调之音凄切哀怨,多表伤感之情。

⑤ "夜来"二句:谓晚上双燕来宿,因为背光,绿腰都被挡住看不清了。屏,遮蔽。绿,暗、黑之意。

⑥ 阑珊:将尽。白居易《咏怀》诗:"白发满头归得也,诗情酒兴渐阑珊。"

菩萨蛮①

隔花才歇廉纤雨②,一声弹指浑无语③。梁燕自双归,长条脉脉垂④。　　小屏山色远⑤,妆薄铅华浅⑥。独自立瑶阶⑦,透寒金缕鞋。

注释

① 这首词描写闺中女子在春雨初歇之际的伤春恨别之情。

② 廉纤雨:细雨。

③ 弹指:弹击手指,以表示各种感情,此处表示感叹。

④ 长条:指柳条。脉(mò 漠)脉:深情貌。

⑤ "小屏"句:谓屏风上的山色隐约朦胧。温庭筠《春日》诗:"屏
　　上吴山远,楼中朔管悲。"

⑥ 铅华:铅粉,女子化妆用。

⑦ 瑶阶:本指玉砌的台阶,后为石阶的美称。

菩萨蛮①

　　朔风吹散三更雪②,倩魂犹恋桃花月③。梦好莫
催醒,由他好处行。　　　无端听画角④,枕畔红冰
薄⑤。塞马一声嘶,残星拂大旗。

注释

① 这首词抒写远行的词人对家乡、妻子的思念。梦中的美好情
　　境与醒后的绝地荒寒形成鲜明对照,极具感染力。

② 朔风:北风。

③ "倩魂"句:意谓梦醒后仍眷恋梦中的美好境界。倩魂,典出
　　唐人小说《离魂记》,此处指作者自己的梦魂。桃花月,喻梦
　　中温柔缠绵之境。

④ 画角:古乐器名,形如竹筒,本细末大,多以竹木或皮为之,外
　　加彩绘,故称。古时军中多用之以警昏晓,振士气。

《菩萨蛮》（朔风吹散三更雪）

菩萨蛮①

　　问君何事轻离别,一年能几团圆月。杨柳乍如丝,故园春尽时。　　春归归不得②,两桨松花隔③。旧事逐寒潮,啼鹃恨未消④。

注释

① 这首词表达对闺中妻子的思念。

② 春归:春尽。归不得:谓不能回家。

③ "两桨"句:意谓归乡之船为松花江所阻隔。两桨,指船。松江,松花江。

④ "旧事"二句:意谓当时离别的痛苦随寒潮而远去,今日听到杜鹃"不如归去"的啼声,又引起了新恨。旧事,指轻别离。啼鹃,传说蜀主杜宇失其位,死后化为杜鹃,其鸣声凄切,似"不如归去"。

辑评

　　陈廷焯曰:"杨柳乍如丝,故园春尽时",亦凄婉,亦闲丽,颇

30

似飞卿语。惜通篇不称。(《白雨斋词话》)

吴梅曰:"杨柳乍如丝,故园春尽时",凄婉闲丽。(《词学通论》)

菩萨蛮

宿滦河①

玉绳斜转疑清晓②,凄凄月白渔阳道③。星影漾寒沙,微茫织浪花。　　金笳鸣故垒④,唤起人难睡。无数紫鸳鸯⑤,共嫌今夜凉。

注释

① 这首词描绘了月夜星空下边塞生活的凄清,表达了词人对家乡亲人的思念。滦(luán 孪)河:在河北省。
② 玉绳:星名,在北斗斗柄三星北。
③ 渔阳:秦、汉、唐皆设渔阳郡,辖地约为今京津蓟一带。
④ 金笳:铜制的胡笳。
⑤ 紫鸳鸯:水鸟名,即鸂鶒,大于鸳鸯,多紫色。

31

菩萨蛮①

催花未歇花奴鼓，酒醒已见残红舞②。不忍覆余觞③，临风泪数行。　　粉香看又别④，空剩当时月。月也异当时，凄清照鬓丝⑤。

注释

① 这首词作于妻子卢氏去世后不久，在抒发伤春之情的同时也流露出丧妻之痛。

② "催花"二句：形容春天的短暂。意谓催花开放的鼓声尚未止歇，酒醒后花已凋谢。据南卓《羯鼓录》载，初春之晨，唐玄宗见宿雨初晴，殿中柳杏将要开花，便命高力士击鼓一曲，名之曰《春光好》。曲罢，柳杏已然怒放。残红舞，谓花落。

③ 覆余觞：喝完酒杯里的剩酒。覆，翻倒酒杯，指饮酒。觞(shāng 伤)，酒杯。

④ 粉香：脂粉的香气，借指女子。

⑤ 鬓丝：鬓边白发。

菩萨蛮①

榛荆满眼山城路②，征鸿不为愁人住③。何处是长安④，湿云吹雨寒⑤。　　　丝丝心欲碎⑥，应是悲秋泪。泪向客中多，归时又奈何。

注释

① 这首词作于妻子卢氏去世后不久。山城之路在远行的征人眼中显得萧瑟荒凉，羁旅的愁思以及对亡妻的哀悼在丝丝秋雨中愈加低回凄恻。

② 榛(zhēn 真)荆：荆棘。

③ 征鸿：远飞的大雁。住：停歇。

④ 长安：借指北京。

⑤ 湿云：湿润的云。

⑥ 丝丝：谓细雨如丝。

菩萨蛮①

春云吹散湘帘雨②，絮粘蝴蝶飞还住③。人在玉楼中④，楼高四面风。　　　柳烟丝一把⑤，暝色笼鸳瓦⑥。休近小阑干⑦，夕阳无限山。

注释

① 这是一首闺怨词，结尾"休近小阑干，夕阳无限山"二句透露

出女子内心的愁绪。

② 湘帘:用湘妃竹编制的帘子。

③ 絮:柳絮,成熟的柳树种子,上有白色绒毛,又称杨花。

④ 玉楼:楼阁的美称。

⑤ "柳烟"句:谓柳丝如烟。

⑥ 鸳瓦:鸳鸯瓦,成对排列的屋瓦。

⑦ 阑干:栏杆。

菩萨蛮①

为春憔悴留春住,那禁半霎催归雨②。深巷卖樱桃,雨余红更娇③。　　黄昏清泪阁④,忍便花漂泊⑤。消得一声莺⑥,东风三月情。

注释

① 这首词描绘暮春时节的风物,抒写自己伤春的情怀。

② 催归雨:谓催春归去之雨。

③ 雨余:雨后。

④ 阁:含着。范成大《八场平闻猿》诗:"行人举头双泪阁。"

⑤ 忍便:岂忍教。

⑥ 消得:经受得。

辑评

　　顾随曰:"深巷卖樱桃,雨余红更娇",最易引起人爱好是鲜,而最不耐久的也是鲜。如菓藕、鲜菱,实际没有什么可吃,没有回甘。耐咀嚼非有成人思想不可。纳兰除去伤感之外,没有一点什么,除去鲜,没有一点回甘。新鲜是好的,同时还要晓得苍秀。(《驼庵诗话》)

菩萨蛮①

　　晶帘一片伤心白②,云鬟香雾成遥隔③。无语问添衣,桐阴月已西。　　西风鸣络纬④,不许愁人睡。只是去年秋⑤,如何泪欲流。

注释

① 这首词抒写对亡妻卢氏的思念。

② 晶帘:水晶帘。伤心白:惨白。

③ 云鬟香雾:谓女子环形的发髻如云,幽香阵阵似雾,此处指代心上女子。鬟(huán 环),环形的发髻。杜甫《月夜》:"香雾云

鬓湿,清辉玉臂寒。"

④ 络纬:纺织娘。

⑤ "只是"句:谓秋色与去年相同。

菩萨蛮

寄顾梁汾苕中①

知君此际情萧索②,黄芦苦竹孤舟泊③。烟白酒旗青,水村鱼市晴。　　柁楼今夕梦④,脉脉春寒送⑤。直过画眉桥⑥,钱塘江上潮。

注释

① 这是一首寄赠之作,全篇以写景为主,末二句表达对友人的慰藉。顾梁汾:顾贞观(1637—1714),字华封,号梁汾。江苏无锡人。康熙十一年壬子(1672)举人。著有《积书岩集》及《弹指词》。康熙十五年丙辰(1676)与纳兰相识,从此交契。苕中:今浙江湖州一带。

② 萧索:凄清冷落。

③ "黄芦"句:白居易《琵琶行》:"住近溢江地低湿,黄芦苦竹绕宅生。"

④ 柁楼:船尾舵工蔽身之楼。柁(duò 跥),控制行船方向的器具,装在船尾。

⑤ 脉脉:一缕缕,一丝丝。

⑥ 画眉桥:顾贞观《踏莎美人》词:"双鱼好托夜来潮,此信拆看,应傍画眉桥。"自注:"桥在平望,俗传画眉鸟过其下即不能巧啭,舟人至此,必携以登陆云。"

辑评

陈廷焯曰:("烟白"二句)画景。("直过"二句)笔致秀绝而语特凝练。(《云韶集》)

菩萨蛮①

阑风伏雨催寒食②,樱桃一夜花狼藉③。刚与病相宜,琐窗熏绣衣④。　　画眉烦女伴⑤,央及流莺唤⑥。半晌试开奁⑦,娇多直自嫌⑧。

注释

① 这首词刻画一位闺中女子的娇慵可爱之态。

② 阑风伏雨:意谓风雨不止。杜甫《秋雨叹》诗:"阑风伏雨秋纷

纷。"寒食：寒食节，在清明前一二日。

③ 花狼藉：指花败落。

④ "刚与"二句：谓病情有所好转，闲来无事，在窗下熏染绣衣。
琐窗，镂刻有连琐图纹的窗棂。

⑤ 烦：麻烦，请帮忙。

⑥ 央及：央求。

⑦ 半晌（shǎng 赏）：好久。奁（lián 连）：古代妇女梳妆用的
镜匣。

⑧ "娇多"句：谓连自己也觉得太娇懒了。直，即使。

忆江南

宿双林禅院有感①

心灰尽②，有发未全僧③。风雨消磨生死别，似
曾相识只孤檠④，情在不能醒⑤。　　摇落后⑥，清
吹那堪听⑦。淅沥暗飘金井叶⑧，乍闻风定又钟
声⑨，薄福荐倾城⑩。

注释

① 这是一首悼亡词。词人自叹心如死灰，唯有在凄凉的钟声里

独自超度妻子的亡灵。双林禅院:原址在北京阜成门外二里沟,今已毁。

② 心灰尽:万念俱灰之意。

③ "有发"句:谓自己与僧侣的差别仅是尚有头发。陆游《衰病有感》诗:"在家元是客,有发亦如僧。"

④ 檠(qíng情):灯。

⑤ "情在"句:谓心中有情而不能彻悟。

⑥ 摇落:凋谢,零落。

⑦ 清吹:北方民俗,夜间于亡者灵前奏乐,俗称"聒夜"。

⑧ 淅沥:形容风雨之声。金井叶:指梧桐叶,因井边多植梧桐,故称。金井,有雕栏的井,用以美称宫廷或园林中的井。

⑨ 乍:刚,才。

⑩ 薄福:薄福之人,作者自谓。荐:祭献,使僧侣念经拜忏,以超度亡灵。倾城:美貌女子,此指妻子。

忆江南

宿双林禅院有感①

挑灯坐,坐久忆年时②。薄雾笼花娇欲泣,夜深微月下杨枝,催道太眠迟。　　憔悴去,此恨有谁知？ 天上人间俱怅望③，经声佛火两凄迷④，未梦已先疑⑤。

注释

① 此词系悼念亡妻。双林禅院：见上一首注。

② 年时：去年此时。

③ 天上人间：参见《鹊桥仙》(乞巧楼空)注⑤。

④ 经声：寺院里的念经声。佛火：寺院里的香火。

⑤ "未梦"句：意谓还未做梦便因愁苦而心神恍惚。据《庄子·齐物论》载，庄子梦中化为一只飞舞的蝴蝶，飘然自适忘记了自己的身份，醒后不知是自己做梦化为蝴蝶，还是蝴蝶做梦化为庄子。

梦江南①

昏鸦尽②，小立恨因谁③？ 急雪乍翻香阁絮④，轻风吹到胆瓶梅⑤。心字已成灰⑥。

注释

① 人定之时，昏鸦飞尽，词人独立风雪，感怀身世而万念俱灰。

② 昏鸦:黄昏时的乌鸦。

③ 小:暂时,偶尔。恨因谁:谓因何事而惆怅。

④ "急雪"句:意谓突然降下的翻飞大雪飘到香闺中像飞扬的柳絮。

⑤ 胆瓶:颈长腹大的花瓶,因形似悬胆而得名。

⑥ 心字:心字香,一种心字形状的香。

梦江南①

江南好,虎阜晚秋天②。山水总归诗格秀,笙箫恰称语音圆③。谁在木兰船。

注释

① 这首词及后三首皆作于随康熙皇帝南巡之际。姑苏一带的秀丽风景,令惯居北地的词人激赏不已。

② 虎阜:即虎丘,在苏州城外。

③ "山水"二句:意谓诗词格律的秀美是由于山水景色的秀美,而笙箫的优美声调又与当地圆润的语音相得益彰。语音圆,苏州方言语音圆润,所谓"吴侬软语"。

《梦江南》（江南好，虎阜晚秋天）

况周颐曰:罗子远《清平乐》"两桨能吴语"五字甚新。杨柳渡头,荷花荡口,暖风十里,剪水咿哑,声愈柔而景愈深。尝读《饮水词·望江南》云:"江南好,虎阜晚秋天。山水总归诗格秀,笙箫恰称语音圆。人在木兰船。"笙箫句与此两桨句同一妙于领会。(《蕙风词话》)

梦江南①

江南好,城阙尚嵯峨②。故物陵前惟石马③,遗踪陌上有铜驼④。玉树夜深歌⑤。

注释

① 六朝古都南京的兴衰更替令词人萌生了深远悠长的历史沧桑感。

② 城阙:此指南京的城郭宫阙。阙,宫殿门前的望楼。嵯峨(cuó é 痤鹅):高峻貌。

③ "故物"句:杜甫《玉华宫》诗:"当时侍金舆,故物独石马。"陵:指明孝陵。

④ 铜驼:铜铸的骆驼,西晋都城洛阳宫门外置有铜驼,此指明孝陵前的石马。《晋书·索靖传》:"靖有先识远量,知天下将

乱,指洛阳宫门铜驼,叹曰:会见汝在荆棘中耳。"后世常以铜驼寄寓兴亡之感。

⑤ 玉树:乐曲名,即《玉树后庭花》,南朝陈后主陈叔宝所作。陈叔宝沉溺声色,荒淫无度,最终亡国,后人遂以《玉树后庭花》为亡国之音。

梦江南①

江南好,真个到梁溪②。一幅云林高士画③,数行泉石故人题④。还似梦游非。

注释

① 这首词系写无锡。全篇没有景物描写,而是以文人的诗画来表达自己的感受。

② 真个:果真。梁溪:在无锡,此指代无锡,无锡是词人好友顾贞观和严绳孙的家乡,词人过去常梦游此地。

③ 云林高士:元代画家倪瓒号云林,无锡人,工山水画,隐居不仕,人称倪高士。

④ 故人:指词人好友严绳孙。严绳孙工书法、绘画,无锡人皆以倪瓒目之。

梦江南^①

　　江南好，佳丽数维扬^②。自是琼花偏得月^③，那应金粉不兼香^④。谁与话清凉。

注释

① 这首词选取具有代表性的风物琼花来盛赞扬州之美，具有以少总多之妙。

② 佳丽:指美景。维扬:即扬州。

③ 琼花:扬州琼花为绝世之珍。韩琦《后土庙琼花》:"维扬一枝花,四海无同类。"偏得月:谓扬州得到的月光最多。徐凝《忆扬州》诗:"天下三分明月夜,二分无赖是扬州。"

④ 金粉:指女子的化妆品。

江城子

咏　史^①

　　湿云全压数峰低^②，影凄迷，望中疑。非雾非烟^③，神女欲来时^④。若问生涯原是梦^⑤，除梦里，没人知。

注释

① 这首词借巫山神女的传说以抒怀,其中隐含着欢娱易逝、人生如梦的悲感。

② 湿云:湿润的云。数峰:这里指巫山。

③ 烟:云烟,天地间积聚的气体。

④ 神女:即巫山神女。宋玉《高唐赋》:"昔者先王尝游高唐,怠而昼寝,梦见一妇人,曰:'妾巫山之女也,为高唐之客。闻君游高唐,愿荐枕席。'王因幸之。去而辞曰:'妾在巫山之阳,高丘之阻。旦为朝云,暮为行雨。暮暮朝朝,阳台之下。'"

⑤ "若问"句:李商隐《无题》诗:"神女生涯原是梦,小姑居处本无郎。"

如梦令①

正是辘轳金井②,满砌落花红冷③。蓦地一相逢④,心思眼波难定⑤。谁省⑥,谁省,从此簟纹灯影⑦。

注释

① 这首词描写与一位女子偶遇的情景。

② 辘轳(lù lù 鹿鹿):装在井上绞起汲水斗的工具,汲水时摇动有声。金井:有雕栏的井,用以美称宫廷或园林中的井。

③ 砌:台阶。

④ 蓦地:忽然。

⑤ "心思"句:意谓难晓对方是否有情。

⑥ 省(xǐng 醒):探视,问候。

⑦ "从此"句:形容相思难眠之状。簟(diàn 电):竹席。

如梦令①

木叶纷纷归路,残月晓风何处。消息半浮沉②,今夜相思几许。秋雨,秋雨,一半西风吹去。

注释

① 这首词描写闺中女子对远人的思念。"消息"二句写音信不通及自己的相思之苦,末尾点明时令,以景结情。

② "消息"句:意谓音信不通。据刘义庆《世说新语·任诞》载,殷羡去豫章做官,临行前周围的熟人将许多信件委托他带去,殷羡在半路上把信件全部丢入水中,说:"沉者自沉,浮者自浮,殷洪乔不能作致书邮。"

陈廷焯曰:容若词深得五代之妙,如此阕尤为神似。(《云韶集》)

如梦令①

纤月黄昏庭院②,语密翻教醉浅③。知否那人心,旧恨新欢相半。谁见,谁见,珊枕泪痕红泫④。

注释

① 这首词抒写与情人不得相见的苦恼。

② 纤月:细小的月亮。

③ "语密"句:谓由于那人情话缠绵不绝,消却了我的醉意。翻,反。

④ 珊枕:珊瑚枕。珊瑚多为红色,故此指红色的枕头。红泫(xuàn 绚):红泪。泪水因沾染面上胭脂而成红色。

如梦令①

万帐穹庐人醉②,星影摇摇欲坠。归梦隔狼

河③，又被河声搅碎。还睡④，还睡，解道醒来无味⑤。

注释

① 这首词描绘塞上风光,流露了思乡之情及羁旅的孤独。

② 穹庐:古代游牧民族居住的圆形毡帐。

③ 归梦:回家的梦。狼河:白狼河,即今辽宁省境内的大凌河。

④ 还睡:还是睡觉吧。

⑤ 解道:知道。

酒泉子①

谢却荼蘼②，一片月明如水。篆香消③，犹未睡，早鸦啼。　　嫩寒无赖罗衣薄④，休傍阑干角⑤。最愁人，灯欲落，雁还飞。

注释

① 这首词写闺怨。

② 荼蘼(tú mí 图迷):花名,即酴醿,因色似酴醿酒,故名。

③ 篆香:形似篆文的盘香。

49

④ 嫩寒:微寒。无赖:无奈。

⑤ 阑干:栏杆。

辑评

陈廷焯曰:(下阕)凄婉。端己、正中不得专美于前。(《云韶集》) 又曰:情词凄婉,似韦端己手笔。(《词则·闲情集》)

谒金门①

风丝袅②,水浸碧天清晓。一镜湿云青未了③,雨晴春草草④。　　梦里轻螺谁扫⑤,帘外落花红小。独睡起来情悄悄⑥,寄愁何处好。

注释

① 这首词描写闺中女子伤春伤别的情怀。

② 风丝:风中的柳丝。袅:随风摆动貌。

③ "一镜"句:谓在无际的青色水面上倒映着云朵。青未了,青色无际。

④ 草草:匆促之意。

⑤ "梦里"句:谓不知梦中替我画眉的人是谁。轻螺,淡画之眉。螺,螺子黛,一种眉笔。

⑥ 悄悄:忧愁貌。

辑评

陈廷焯曰:"草草"二字妙甚。("独睡"二句)婉约。(《云韶集》)

点绛唇

黄花城早望①

五夜光寒②,照来积雪平于栈③。西风何限④,自起披衣看。　　对此茫茫,不觉成长叹。何时旦,晓星欲散,飞起平沙雁⑤。

注释

① 这首词抒发了词人面对皑皑白雪、平沙飞雁的塞外景色而勾起的思乡之情。黄花城:在今北京怀柔北长城内侧,古为重要关戍。

② 五夜:即五更,古时将一夜分甲、乙、丙、丁、戊五段。

③ 栈(zhàn 站):木栅栏。

④ 何限:多少。

⑤ 平沙雁:广阔沙漠上的大雁。

辑评

　　唐圭璋曰:不假雕琢,自见荒漠之境,苦寒之情,令人慷慨生
哀。(《纳兰容若评传》)

点绛唇①

　　小院新凉,晚来顿觉罗衫薄。不成孤酌②,形影
空酬酢③。　　萧寺怜君④,别绪应萧索⑤。西风
恶⑥,夕阳吹角⑦,一阵槐花落。

注释

① 这首词抒写对友人的思念。

② "不成"句:意谓没有心情独自饮酒。

③ "形影"句:谓独自一人,形影相伴。酬酢(chóu zuò 愁做),主
　 客相互敬酒。

④ 萧寺:指庙宇。君:指词人之友姜宸英。姜宸英入京,词人曾

招待他住在寺庙中。

⑤ 别绪:离别的感情。萧索:凄清冷落。

⑥ 西风恶:谓西风猛烈。

⑦ 角:号角,古乐器名。

点绛唇

对 月①

一种蛾眉②,下弦不似初弦好③。庾郎未老④,
何事伤心早。　　素壁斜辉⑤,竹影横窗扫。空房
悄,乌啼欲晓,又下西楼了⑥。

注释

① 这首词系悼念亡妻。词人睹月思人,倾诉了哀怨之情。

② 一种:犹一样。蛾眉:蚕蛾的触须弯曲细长,故用以比作女子
　 的眉毛,此借指月亮。

③ 下弦:即下弦月,农历每月二十三日前后的月亮。初弦:即上
　 弦月,农历每月初八前后的月亮。

④ 庾郎:即北周文学家庾信,著有《伤心赋》。词人二十三岁丧
　 妻,故以庾信自喻。

⑤ 素:白色。

⑥ "又下"句:指月亮的落下。

浣溪沙①

泪浥红笺第几行②？ 唤人娇鸟怕开窗,那能闲过好时光? 屏障厌看金碧画③,罗衣不奈水沉香④,遍翻眉谱只寻常⑤。

注释

① 这首词刻画闺中女子无聊寂寞的情态。全词生动传神,深得《花间》之妙。

② 浥(yì 易):沾湿。红笺(jiān 坚):红色信纸。

③ "屏障"句:谓厌倦去看屏风上的金碧画。屏障,指屏风之类。金碧画,唐李思训、李昭道父子的画金碧辉煌,故后世称其画为金碧山水。

④ 水沉香:即沉香,一种名贵的香料。

⑤ "遍翻"句:谓翻遍各色眉谱,总觉没什么特别好看的。眉谱,女子画眉用的图样。

《浣溪沙》（泪浥红笺第几行）

浣溪沙

大觉寺①

燕垒空梁画壁寒②，诸天花雨散幽关③，篆香清梵有无间④。　　蛱蝶乍从帘影度⑤，樱桃半是鸟衔残，此时相对一忘言⑥。

注释

① 这首词描写词人在幽静的寺庙中萌生的一种难以言传的人生体悟。大觉寺：北京有大觉寺数处，最著名的在西郊旸台山。此指其中一处。

② 燕垒：梁上的燕巢。画壁：指绘有佛像的墙壁。

③ "诸天"句：意谓进入大觉寺，仿佛看到天上散落各色香花，令人领悟到佛家玄妙之道。诸天，佛教认为，三界共有三十二天，总称诸天。花雨，佛家语。相传佛祖说法时，感动天神，诸天雨各色香花。幽关，玄关，指悟道之门。

④ 篆香：形似篆文的盘香。清梵：指僧侣诵经之声。有无间：似有似无。

⑤ 蛱（jiá 颊）蝶：蝴蝶的一种。

⑥ "此时"句：指领悟道理而不必用言语表达。《庄子·外物》："言者所以在意，得意而忘言。"陶潜《饮酒》其五："此中有真意，欲辩已忘言。"

浣溪沙

姜女祠①

海色残阳影断霓②，寒涛日夜女郎祠③，翠钿尘网上蛛丝④。　　澄海楼高空极目⑤，望夫石在且留题⑥，六王如梦祖龙非⑦。

注释

① 这是一首咏史之作。词人在《渌水亭杂识》中云："有意而不落议论，故佳；若落议论，史评也，非诗矣。"本篇即吻合其理论，将无限感慨蕴含于苍茫凄凉的景物中，显得意蕴深厚。姜女祠：孟姜女的祠堂，在河北省山海关北、临榆东南。传说秦始皇征集劳力修建长城，孟姜女的丈夫杞梁被征服役，劳苦而死。孟姜女往哭其夫，将长城哭倒。

② 残阳：夕阳。断霓：断虹。

③ 女郎祠：指姜女祠。

④ "翠钿"句：谓孟姜女像上的翡翠花钿布满了灰尘，结满了蛛丝。翠钿(diàn 电)，翡翠的花钿，古代女子的一种首饰。

⑤ 澄海楼：在临榆县南宁海城上，高三丈，面临大海。

⑥ 望夫石：传说古代有一女子，在山头上日夜盼夫归来，身死化为石。

⑦ "六王"句：谓战国的六位国君已如梦般地逝去了，而灭亡六

国的秦始皇现在也无影无踪。六王,指战国时齐、楚、魏、赵、韩、燕六国国君。祖龙,指秦始皇。裴骃《史记集解》:"苏林曰:祖,始也;龙,人君象。谓始皇也。"

浣溪沙①

锦样年华水样流②,鲛珠迸落更难收③,病余常是怯梳头④。　　一径绿云修竹怨⑤,半窗红日落花愁,恹恹只是下帘钩⑥。

注释

① 这首词描写闺中女子无聊的生活和幽怨的心境。

② 锦样年华:锦瑟般的年华。李商隐《锦瑟》诗:"锦瑟无端五十弦,一弦一柱思华年。"此指青春年华。

③ 鲛珠:泪珠。干宝《搜神记》:"南海之外有鲛人,水居如鱼,不废织绩,其眼泣则能出珠。"

④ "病余"句:谓病后多脱发,故怕梳头。

⑤ 绿云:喻竹叶茂盛。修:长。

⑥ 恹(yīn 音)恹:柔弱貌。

浣溪沙①

已惯天涯莫浪愁②，寒云衰草渐成秋，漫因睡起又登楼③。　　伴我萧萧惟代马④，笑人寂寂有牵牛⑤，劳人只合一生休⑥。

注释

① 这首词在自嘲的口吻中流露出对护卫生涯的厌倦。

② 浪愁：空愁。

③ 漫：聊且，姑且。

④ 萧萧：马嘶声。代马：代州辖境相当于今山西代县、繁峙、五台、原平等县，盛产良马。此指良马。

⑤ "笑人"句：牵牛，星名，即河鼓，俗称牛郎星。李商隐《马嵬》诗："当时七夕笑牵牛。"此处反用其意。谓牛女仍得相会，自己却与爱人分离。

⑥ 劳人：失意之人，作者自称。合：应当，应该。

浣溪沙①

一半残阳下小楼，朱帘斜控软金钩②，倚阑无绪

59

不能愁③。　　有个盈盈骑马过④，薄妆浅黛亦风流⑤，见人羞涩却回头。

注释

① 这首词展现的是一幕细小而富有情致的生活场景:夕阳西下,词人倚栏楼上,一女子骑马从楼下过,两人目光交触,女子害羞却又忍不住回头。

② "朱帘"句:谓帘钩斜挂着帘子。

③ 无绪:没有心情,百无聊赖。

④ 盈盈:女子美好貌,此借指少女。

⑤ 薄妆浅黛:指妆容淡雅。浅黛,谓眉画得浅淡。风流:指动人的风韵。

浣溪沙①

　　消息谁传到拒霜②，两行斜雁碧天长，晚秋风景倍凄凉。　　银蒜押帘人寂寂③，玉钗敲竹信茫茫④，黄花开也近重阳。

注释

① 这首词通过秋景的描写巧妙地传达出闺中女子的幽怨之情。

② 消息谁传:即谁传消息。拒霜:木芙蓉之异名。

③ 银蒜:银质帘坠,用以悬在帘下压重,形如蒜。

④ 玉钗敲竹:此乃排遣愁绪之举,表示行为者心事难耐。

辑评

　　吴世昌曰:此必有相知名"菊"者为此词所属意,惜其本事已不可考。(《词林新话》)

浣溪沙①

　　雨歇梧桐泪乍收②,遣怀翻自忆从头③,摘花销恨旧风流④。　　帘影碧桃人已去,屧痕苍藓径空留⑤,两眉何处月如钩⑥。

注释

① 这首词抒写情人离去后的相思。词人早年曾有一段未遂之情,这首词或与之相关。

② "雨歇"句:谓雨停后梧桐树叶不再滴水。

③ 翻:反。

④ 摘花销恨:王仁裕《开元天宝遗事》载:"(唐)明皇于禁苑中,

初有千叶桃盛开,帝与(杨)贵妃日逐宴于树下。帝曰:'不独萱草忘忧,此花亦能销恨。'"

⑤ "屟痕"句:谓情人已去,而其鞋印徒然留在青苔遍生的小路上。屟(xiè泻)痕,鞋印。

⑥ 两眉:指代所念之人。

浣溪沙①

　　睡起惺忪强自支②,绿倾蝉鬓下帘时③,夜来愁损小腰肢④。　　远信不归空伫望⑤,幽期细数却参差⑥,更兼何事耐寻思⑦。

注释

① 这首词写闺中女子独居的无聊以及对远人的思念。

② 惺忪:刚睡醒而眼睛模糊不清。

③ 绿倾蝉鬓:谓乌亮的秀发倾覆下来。绿,黑亮貌。蝉鬓,妇女发式。

④ 愁损:忧愁而令身体受损。

⑤ 信:信使,邮差。伫望:凝望。

⑥ "幽期"句:谓仔细计算相会的时日,却越算越乱。

⑦ "更兼"句:谓更有何事值得人寻思呢?

浣溪沙①

　　十里湖光载酒游,青帘低映白蘋洲②,西风听彻采菱讴③。　　　　沙岸有时双袖拥,画船何处一竿收④,归来无语晚妆楼。

注释

① 这首词写词人对自然风光的欣赏和眷恋。

② 白蘋洲:江苏吴兴霅溪有白蘋洲,诗词中多泛指长有白色蘋花的沙洲。

③ 彻:完了,指乐曲的结束。采菱讴(ōu 欧):名叫《采菱》的歌曲。

④ "沙岸"二句:描写词人于船上所见的景象。双袖拥,女子的动作,用衣袖裹住双手,此指代女子。画船何处一竿收,意谓画船上正在收起鱼竿。画船,装饰华丽的游船。

《浣溪沙》（十里湖光载酒游）

浣溪沙

西郊冯氏园看海棠，因忆香严词有感①

谁道飘零不可怜，旧游时节好花天②，断肠人去自经年③。　　一片晕红才着雨，几丝柔绿乍和烟④，倩魂销尽夕阳前⑤。

注释

① 词人曾与龚鼎孳同游冯氏园看海棠，龚氏死后，词人重往故地，念及旧游，因作此词。从本词的内容看，其回忆的对象似乎不是龚氏本人，而是《香严词》中之女子。西郊冯氏园：明万历时大珰冯保之园林，在北京阜成门外。香严词：龚鼎孳（与清初诗人钱谦益、吴伟业并称为"江左三大家"）寓所有香严斋，其词集初称《香严词》，后定本名《定山堂诗余》。

② "谁道"二句：谓谁说海棠的凋零不让人怜惜，昔日同游正值花开时节。

③ 经年：已经一年（或数年）了。

④ "一片"二句：谓一片海棠花和几丝嫩柳浸润在烟雨之中。晕红，指中心色深四周较浅的红花。

⑤ 倩魂：美好的心魂。

辑评

徐釚曰:《侧帽词》"西郊冯氏园看海棠"《浣溪沙》盖忆《香严词》有感作也。王俨斋以为柔情一缕,能令九转肠回,虽"山抹微云"君不能道也。(《词苑丛谈》)

张任政曰:容若此词,似不胜重来之感。(《纳兰性德年谱》)

浣溪沙

咏五更,和湘真韵①

微晕娇花湿欲流②,簟纹灯影一生愁③,梦回疑在远山楼④。 残月暗窥金屈戌⑤,软风徐荡玉帘钩,待听邻女唤梳头。

注释

① 这首词描写一种忧愁无绪的生活状态。湘真:明末陈子龙《湘真阁词》有《浣溪沙·五更》一阕。和韵,指和他人诗词,仍用原韵。

② 微晕:指天色初晓。

③ 簟纹灯影:写相思难眠之状。簟(diàn 电),竹席。

④ 远山楼:汤显祖《紫钗记》中有女子在远山楼上思念丈夫的场

景,此借指女子居处。

⑤ 屈戌:门上搭环,一般为铜制,故称金屈戌。

辑评

陈廷焯曰:(上片)秀艳矣,亦自凄绝。结句从旁面生情。
(《云韶集》) 又曰:调和意远,似此真不愧大雅矣,古今艳词亦
不多见也。(《词则·闲情集》)

浣溪沙①

五字诗中目乍成②,尽教残福折书生③,手捝裙
带那时情④。　　别后心期和梦杳⑤,年来憔悴与愁
并,夕阳依旧小窗明。

注释

① 这首词抒写的是与某位女子的一段情思。

② "五字诗"句:意谓自己因为一首五言诗而受到情人的青睐。
明末王次回《有赠》诗:"矜严时已逗风情,五字诗中目乍成。"
五字诗,五言诗。目乍成:即乍目成,谓男女之间以眉目传意
而定情。

③ 残福：指短暂的幸福。

④ 挼(ruó)：搓揉。

⑤ 心期：心愿，期望。杳(yǎo 咬)：遥远。

浣溪沙①

　　欲寄愁心朔雁边②，西风浊酒惨离颜③，黄花时节碧云天④。　　　古戍烽烟迷斥堠⑤，夕阳村落解鞍鞯⑥，不知征战几人还⑦。

注释

① 这首词叙写词人使至塞上又逢客中离别的不胜感慨与伤怀。

② "欲寄"句：谓想把愁苦之情托南飞的大雁传达。李白《王昌龄左迁龙标遥寄》诗："我寄愁心与明月，随风直到夜郎西。"朔雁：北方边地的大雁。

③ 惨离颜：谓离别时的愁苦之容。

④ "黄花"句：王实甫《西厢记》："碧云天，黄花地，西风紧，北雁南飞。"

⑤ 古戍：古代将士守边之处。烽烟：边防报警的烟火。斥堠(hòu 后)：瞭望敌情的土堡、哨所。

⑥ 解鞍鞯(jiān 兼):谓卸下行装以安营驻扎。

⑦ "不知"句:王翰《凉州词》:"醉卧沙场君莫笑,古来征战几
　　人回。"

浣溪沙①

　　记绾长条欲别难②,盈盈自此隔银湾③,便无风
雪也摧残。　　　青雀几时裁锦字④,玉虫连夜剪春
幡⑤,不禁辛苦况相关⑥。

注释

① 这首词叙写情人的离别及别后的相思。

② "记绾"句:描写分别时依依不舍的场面。古人送别有折柳相
　　赠之俗。绾(wǎn 晚),盘结。长条,指柳条。

③ "盈盈"句:意谓双方从此远隔万里。《古诗十九首》之十:"迢
　　迢牵牛星,皎皎河汉女。盈盈一水间,脉脉不得语。"盈盈,清
　　澈貌。银湾,银河。

④ 青雀:青鸟。据班固《汉武故事》载,一日有青鸟从西方飞来,
　　停在宫殿前,东方朔便告诉汉武帝,西王母马上就要下凡了。
　　过了一会,西王母果然降临。后以青雀、青鸟指代信使。锦

字:指女子寄给爱人的书信。

⑤ "玉虫"句:这是描写想象中的情景,谓情人深夜还在灯烛下裁剪春幡。玉虫,喻指灯花。春幡,旧时立春日妇女做的小旗,或簪家人之头,或缀花枝之下。

⑥ 况:犹正。

浣溪沙①

　　谁念西风独自凉②,萧萧黄叶闭疏窗③,沉思往事立残阳。　　被酒莫惊春睡重④,赌书消得泼茶香⑤,当时只道是寻常。

注释

① 这是一首悼亡之作,词人在沉思往事中流露出追悔之意。

② "谁念"句:谓先妻亡后,在西风袭人、独自冷落之时,有谁还念我。

③ 疏窗:刻有花纹的窗户。

④ "被酒"句:意谓不要惊醒春日酒后的浓睡。被酒,犹中酒,酒酣。

⑤ "赌书"句:李清照《金石录后序》载,李清照常与丈夫比试记

忆力，看谁先说出某个典故出现在哪本书的第几页第几行，先答者先喝茶。但得胜者往往因为高兴大笑而将茶水倒翻，反而喝不到茶。

辑评

况周颐曰：(黄东甫)《眼儿媚》云："当时不道春无价，幽梦费重寻。"此等语非深于词不能道，所谓词心也。纳兰容若《浣溪沙》云："被酒莫惊春睡重，赌书消得泼茶香，当时只道是寻常。"即东甫《眼儿媚》句意。酒中茶半，前事伶俜，皆梦痕耳。(《蕙风词话》)

吴世昌曰：容若《浣溪沙》云云，上结沉思往事，下联即述往事，故歇拍有"当时"云云。赌书句用易安《金石录后序》中故事，知此首亦悼亡之作。(《词林新话》)

浣溪沙①

十八年来堕世间②，吹花嚼蕊弄冰弦③，多情情寄阿谁边④。　　紫玉钗斜灯影背，红绵粉冷枕函偏⑤，相看好处却无言。

注释

① 此词作于新婚之际,描写妻子的多艺与多情。

② "十八"句:意谓妻子如仙子般来到人间已有十八年。李商隐《曼倩辞》:"十八年来堕世间,瑶池归梦碧桃间。"

③ "吹花"句:意谓妻子精于音律,擅长乐器。据李商隐《柳枝五首序》载,洛中有一名叫柳枝的歌妓,年轻貌美,常吹叶嚼蕊,调丝擪管。此处是将妻子比作柳枝。吹花,即吹叶,用叶子吹出音调。嚼蕊,咀嚼花蕊以香口。冰弦,用冰蚕丝做的琴弦,此指代琴瑟。

④ "多情"句:谓妻子如此多情,会将情意寄托给谁呢?阿谁,何人。

⑤ "紫玉"二句:描写新婚之夜,妻子风情万种的仪态。枕函,旧以木或瓷制枕,中空可藏物,故称枕函。

辑评

况周颐曰:《饮水词》有"吹花嚼蕊弄冰弦",又云"乌丝阑纸娇红篆"。容若短调,轻清婉丽,诚如其自道所云。(《蕙风词话》)

浣溪沙①

身向云山那畔行②,北风吹断马嘶声③,深秋远塞若为情④。　　一抹晚烟荒戍垒⑤,半竿斜日旧关城⑥，古今幽恨几时平。

注释

① 这首词叙写词人远赴边地的所见所感。马嘶北风，荒烟古垒，夕阳孤城，边塞深秋之景令词人难以为情。

② "身向"句：谓自己正向关外行进。那畔，那边。

③ "北风"句：谓北风的呼啸声淹没了马鸣。

④ 若为情：犹言何以为情，难以为情。

⑤ 戍垒：边防之营垒。

⑥ 半竿斜日：半竿高的斜日，表明时近黄昏。

浣溪沙

古北口①

杨柳千条送马蹄，北来征雁旧南飞②，客中谁与换春衣③。　　终古闲情归落照④，一春幽梦逐游丝⑤，信回刚道别多时⑥。

注释

① 这首词婉转地表现出词人对扈从生活的厌倦以及对家庭生

活的向往。古北口:北京长城关隘之一,在今北京密云县。

② "北来"句:谓北来之雁依旧南飞。雁每年秋分后飞往南方,次年春分后北返。

③ "客中"句:谓旅居他乡之时有谁拿春季的衣服来让我替换呢? 客,旅居他乡。

④ "终古"句:意谓自古以来的闲情归于一片余晖。

⑤ "一春"句:意谓整个春天的隐约梦境随着飘荡的蛛丝而远去。

⑥ "信回"句:意谓料想回来之后会尽情地诉说长期分别的相思之情。信,料想。刚道,只说,这里有尽情诉说之意。

辑评

陈廷焯曰:情景兼胜。(《云韶集》)

浣溪沙①

败叶填溪水已冰,夕阳犹照短长亭②,何年废寺失题名③。　　倚马客临碑上字,斗鸡人拨佛前灯④,净消尘土礼金经⑤。

注释

① 词人身处古庙,内心深处生发出了出家之想。

② 短长亭:古时驿道旁供人休息之亭,十里一长亭,五里一短亭。

③ 题名:庙门上的题额。

④ "斗鸡"句:据陈鸿《东城老父传》载,唐玄宗好斗鸡,贾昌从小驯鸡如神,因而大受赏赐。安史之乱起,昌依于佛门。斗鸡人,即指贾昌,此处泛指贵家子弟。

⑤ 礼金经:礼拜佛经。

浣溪沙①

万里阴山万里沙②,谁将绿鬓斗霜华③,年来强半在天涯④。 魂梦不离金屈戌⑤,画图亲展玉鸦叉⑥,生怜瘦减一分花⑦。

注释

① 这首词表现的是对行役生活的厌倦及对家庭生活的向往。

② 阴山:今阴山、燕山至大兴安岭诸山脉之总名。

③ "谁将"句:谓谁将乌黑的头发变成了白色。绿鬓,乌黑的头

发。斗,对。霜华,喻白发。

④ 强半:过半。

⑤ 屈戍:门上搭环,一般为铜制,故称金屈戍,此处指代思念中的家园。

⑥ 玉鸦叉:玉制的画叉,用以张挂书画。

⑦ "生怜"句:谓最令人怜惜的是闺中妻子因思念丈夫而消瘦。生怜,最怜。一分花,指妻子的容颜。

辑评

陈廷焯曰:("年来"句)一片凄感。("生怜"句)笔笔凄艳,是容若本色。(《云韶集》)

浣溪沙①

肠断斑骓去未还,绣屏深锁凤箫寒②,一春幽梦有无间③。　　逗雨疏花浓淡改,关心芳草浅深难④,不成风月转摧残⑤。

注释

① 这首词叙写独守深闺的女子对爱情消逝的忧虑。

② "肠断"二句:谓丈夫(或情人)离去没有归来,闺中人不再吹箫。斑骓,杂色马。古诗词中常用来指称情人所乘的马。李商隐《对雪》诗:"关河冻合东西路,肠断斑骓送陆郎。"凤箫,排箫。

③ 幽梦:隐约的梦境。有无间:似有似无。

④ "逗雨"二句:谓疏落的花朵逗引着雨水,经过雨水的洗涤显得或浓或淡。芳草的深浅牵动着人的感情变化,但它不理解人的心理,很难与人的感情协调起来。

⑤ "不成"句:谓难道爱情会渐渐受到摧残吗? 不成,难道。风月,指男女间的情爱。转,渐渐。

浣溪沙

红桥怀古,和王阮亭韵①

无恙年年汴水流②,一声《水调》短亭秋③,旧时明月照扬州。　曾是长堤牵锦缆④,绿杨清瘦至今愁⑤,玉钩斜路近迷楼⑥。

注释

① 王阮亭任扬州府推官期间,曾与袁于令诸名士修葺红桥,作

《红桥倡和诗》及《浣溪沙》词三首。三词流传甚广,和者颇多。作者所和,乃其中第一首,词中透露出物是人非的沧桑感。红桥:在扬州城西。王阮亭:即清代诗人王士禛(1634—1711),字贻上,号阮亭,又号渔洋山人。

② 汴水:大运河自荥阳至于盱眙,连接黄河与淮河段,称汴渠或汴水。

③ 水调:古商调曲名。旧说是隋炀帝幸江都时所制。短亭:古时驿道旁供人休息之亭,十里一长亭,五里一短亭。

④ 长堤:即隋堤,上植杨柳。牵锦缆:据《开河记》载,隋炀帝乘龙舟游扬州时,征吴越间民女十五六岁者五百人,为其牵挽彩缆。

⑤ 绿杨:指隋堤柳。

⑥ 玉钩斜:在扬州西,传说为隋炀帝葬宫女处。迷楼:隋炀帝所建之楼,在扬州西北郊。

风流子

秋郊即事①

平原草枯矣,重阳后,黄叶树骚骚②。记玉勒青丝③,落花时节,曾逢拾翠④,忽忆吹箫。今来是、烧痕残碧尽⑤，霜影乱红凋⑥。秋水映空，寒烟如织⑦，皂雕飞处⑧，天惨云高⑨。　　人生须行乐，君知否，容易两鬓萧萧⑩。自与东君作别⑪，划地无聊⑫。算功名何许⑬，此身博得，短衣射虎⑭，沽酒西郊。便向夕阳影里，倚马挥毫⑮。

注释

① 人生苦短，岁月易逝，词人由此萌生出淡泊名利、及时行乐的念头。

② 骚骚：风吹树声。

③ 玉勒青丝：指骑马游春。玉勒，玉制的马勒。青丝，青色的马缰。

④ 拾翠：原指女子捡拾翠鸟羽毛做头饰，后代指游春女子。

⑤ 烧痕：火烧过的痕迹。残碧：枯草。

⑥ 乱红：零落的花朵。

⑦ 烟：云烟，天地间积聚的气体。

⑧ 皂雕：一种黑色的大雕。

⑨ 天惨：日色黯淡。

⑩ 萧萧：鬓发稀短貌，表示衰老。

⑪ 东君：司春之神，指代春季。

⑫ 划(chǎn 产)地：只是，总是。

⑬ 何许：何处，什么地方。

⑭ 短衣:打猎装束。

⑮ "便向"二句:谓即便能在夕阳影里倚马挥毫也算不得什么。刘义庆《世说新语·文学》:"桓宣武北征,袁虎时从,被责免官。会须露布文,唤袁倚马前,令作,手不辍笔,俄得七纸,殊可观。"

辑评

田茂遇曰:豪情云举,想见秋岗盘马时。(《清平初选后集》)

况周颐曰:意境虽不甚深,风骨渐能骞举,视短调为有进。更进庶几沉着矣。歇拍"便向夕阳"云云,嫌平易无远致。(《蕙风词话》)

蝶恋花①

又到绿杨曾折处②。不语垂鞭,踏遍清秋路③。衰草连天无意绪,雁声远向萧关去④。　　不恨天涯行役苦。只恨西风,吹梦成今古。明日客程还几许,沾衣况是新寒雨。

注释

① 这首词作于远赴塞外之际,词人于当年三月曾护驾东出山海

《**蝶恋花**》（又到绿杨曾折处）

关至盛京,此次奉命赴梭龙,又过前路,故曰:"又到绿杨曾折处。"词人在倾吐行役之苦的同时,也流露出怀古伤今的情怀。

② 绿杨曾折处:指折柳送别的地方。

③ "不语"二句:谓信马由缰,随意而行。

④ 萧关:古关名,在今宁夏固原县境。

辑评

陈廷焯曰:(上片)情景兼胜,亦有笔力。(下片)一味凄感。(《云韶集》)

蝶恋花①

辛苦最怜天上月②。一昔如环,昔昔都成玦③。若似月轮终皎洁,不辞冰雪为卿热④。　　无那尘缘容易绝⑤。燕子依然,软踏帘钩说⑥。唱罢秋坟愁未歇⑦,春丛认取双栖蝶⑧。

注释

① 这是一首悼亡词。全词通过明月缺多圆少、燕子呢喃对语、

蝴蝶双栖双飞的描写,反映出对亡妻刻骨铭心的哀念。

② 天上月:词人有《沁园春》词,其序中写到亡妻离别时云:"衔恨愿为天上月,年年犹得向郎圆。"

③ "一昔"二句:比喻夫妻间别多会少。一昔,同一夕,一夜。玦,有缺口的玉环,此指缺月。

④ "不辞"句:谓为了妻子的热病而甘愿承受冰雪之寒。刘义庆《世说新语·惑溺》:"荀奉倩(粲)与妇至笃,冬月妇病热,乃出中庭,自取冷还,以身熨之。"

⑤ 无那:无奈。

⑥ "燕子"二句:谓燕子依然轻轻地踏在帘钩上,呢喃对语。

⑦ "唱罢"句:意谓纵已哀悼过亡妻,但一腔悲绪仍不得化解。李贺《秋来》诗:"秋坟鬼唱鲍家诗,恨血千年土中碧。"

⑧ "春丛"句:谓注视着春天花草丛中双栖双飞的蝴蝶。词人的意思是说希望死后能与妻子同化为蝶,于花丛中双栖双飞。认取,注视。双栖蝶,《山堂肆考》:"俗传大蝶必成双,乃梁山伯、祝英台之魂,又曰韩凭夫妇之魂。"

辑评

唐圭璋曰:此亦悼亡之词。"若似"两句,极写浓情,与柳词"衣带渐宽"同合风骚之旨。"一昔"句可见尘缘之短,怀感之深。末二句生死不渝,情尤真挚。(《纳兰容若评传》)

蝶恋花①

眼底风光留不住。和暖和香②，又上雕鞍去③。欲倩烟丝遮别路④，垂杨那是相思树⑤。　　惆怅玉颜成闲阻⑥。何事东风，不作繁华主⑦。断带依然留乞句，斑骓一系无寻处⑧。

注释

① 这首词抒写情人离别之际的惆怅无奈。

② "和暖"句：谓，带着温暖与馨香。和：温和。

③ 雕鞍：马鞍的美称。

④ 倩：请。烟丝：如烟的柳丝。别路：分别的道路。

⑤ 相思树：《文选》左思《吴都赋》："楠榴之木，相思之树。"李善注："相思，大树也。材理坚，邪斫之则文，可作器。其实如珊瑚，历年不变。东冶有之。"

⑥ "惆怅"句：谓令人惆怅的是看不见你美丽的容颜。成闲阻，谓不能相见。闲阻，阻隔。

⑦ "何事"二句：谓东风为何不延续这繁华春色。

⑧ "断带"二句：意谓撕断的衣带上还留有请求你写的诗句，可你却别我而去，来了一次便不见踪影。据李商隐《柳枝五首序》载，李商隐曾作《燕台》诗，洛中歌妓柳枝见而赞叹，并撕断长带相赠，以乞诗句。斑骓，杂色马，古诗词中常用来指称

情人所乘的马。

蝶恋花①

萧瑟兰成看老去②。为怕多情，不作怜花句。阁泪倚花愁不语③，暗香飘尽知何处。　　重到旧时明月路。袖口香寒，心比秋莲苦。休说生生花里住④，惜花人去花无主⑤。

注释

① 此词以庾信自比，抒发对情侣的思念。
② "萧瑟"句：意谓自己行将衰老。杜甫《咏怀古迹五首》其一："庾信平生最萧瑟，暮年诗赋动江关。"萧瑟：寂寞凄凉。兰成：北周诗人庾信小字，此乃自喻。
③ 阁泪：含泪。宋佚名《鹧鸪天》词："阁泪汪汪不敢垂。"
④ 生生：生生世世。
⑤ 无主：无人照管。

辑评

谭献曰：势纵语咽，凄淡无聊，延巳、六一而后，仅见湘真。

（《箧中词》）

蝶恋花

夏　夜①

露下庭柯蝉响歇②。纱碧如烟③，烟里玲珑月④。并着香肩无可说，樱桃暗解丁香结⑤。　　笑卷轻衫鱼子缬⑥。试扑流萤，惊起双栖蝶。瘦断玉腰沾粉叶⑦，人生那不相思绝。

注释

① 这首词通过对昔日的回忆,表现了情人离去后的相思之情。

② 庭柯:庭院中的树木。

③ 纱碧:窗上绿纱。烟:云烟。

④ 玲珑:明澈貌。

⑤ "并着"二句:意谓两人无言相依,而愁怀渐解。樱桃,喻女子口
  唇。丁香结,丁香含蕾不吐,古人常借丁香象征郁结的愁思。

⑥ 鱼子缬(xié 鞋):一种丝织品,上染霜粒似的花纹,如鱼子,
  故名。

⑦ 玉腰:指蝴蝶。

蝶恋花

出　塞①

今古河山无定据②。画角声中，牧马频来去。满目荒凉谁可语，西风吹老丹枫树。　　从前幽怨应无数。铁马金戈③，青冢黄昏路④。一往情深深几许，深山夕照深秋雨。

注释

① 将当年金戈铁马之地与如今的累累青冢并举，抒发了词人面对历史沧桑的无尽感叹。

② "今古"句：意谓古来征伐不止，江山变易不定。定据，定数，凭准。

③ 铁马金戈：喻曾经发生的战争。

④ 青冢：王昭君墓，在今内蒙古呼和浩特市南郊。杜甫《咏怀古迹五首》其三："一去紫台连朔漠，独留青冢向黄昏。"

辑评

吴世昌曰：此首通体俱佳，唯换头"从前幽怨"不叶，可倒为"幽怨从前"。（《词林新话》）

蝶恋花①

尽日惊风吹木叶。极目嵯峨，一丈天山雪②。去
去丁零愁不绝③，那堪客里还伤别④。　　若道客愁
容易辍。除是朱颜，不共春销歇⑤。一纸乡书和泪
摺，红闺此夜团圞月⑥。

注释

① 这首词作于远赴梭龙之际。词人有《梭龙与经崑叔夜话》诗，
可见当时经崑叔与词人同赴梭龙。经崑叔于十月望日先回
京城，词人曾托他捎带书信给续妻官氏。词中叙写了客里送
别的伤感及对家中妻子的思念。

② "尽日"三句：描写天山之景。嵯峨(cuó é 痤鹅)，山势高
峻貌。

③ 去去：一步步地远行，越走越远。丁零：古少数民族名，汉代
主要分布在今贝加尔湖以南地区，此处指梭龙。

④ "那堪"句：谓在羁旅之中又与人离别。

⑤ "若道"三句：谓行人羁旅他乡的愁思若能停止，除非是青春
的容貌能够常驻而不随着春天一起消逝。

⑥ "一纸"二句：为设想之语。意谓写好乡书，含着眼泪折起来，
而此时闺中人也正孤独地对着团圞月。摺，同折。团圞
(luán 孪)，圆貌。

河渎神①

凉月转雕阑②，萧萧木叶声干③。银灯飘落琐窗间④，枕屏几叠秋山⑤。　　朔风吹透青缣被⑥，药炉火暖初沸。清漏沉沉无寐⑦，为伊判得憔悴⑧。

注释

① 这首词叙写对亡妻的思念和自己的忧伤。

② 雕阑:华美的栏杆。

③ 萧萧:风声。干:形容声音的清脆响亮。

④ 银灯:灯的美称。飘落:指的是前句的木叶。琐窗:镂刻有连锁图案的窗棂。

⑤ 枕屏:床头枕边的屏风。秋山:指屏风上绘制的山水。

⑥ 朔风:北风。青缣(jiān 间)被:用青色丝绢缝制的被子。

⑦ 清漏:计时的漏壶传出的清晰的滴水声。

⑧ "为伊"句:柳永《蝶恋花》词:"衣带渐宽终不悔,为伊消得人憔悴。"判得,拼得。

河渎神①

风紧雁行高②，无边落木萧萧③。楚天魂梦与香消，青山暮暮朝朝④。　　断续凉云来一缕，飘堕几丝灵雨⑤。今夜冷红浦溆⑥，鸳鸯栖向何处。

注释

① 这首词是对往日情事的回忆,在亦情亦景之间隐含着对已逝爱情的感伤。

② 紧:犹急。

③ "无边"句:杜甫《登高》诗:"无边落木萧萧下,不尽长江滚滚来。"

④ "楚天"二句:喻男女情事。参见《江城子》(湿云全压数峰低)注④。

⑤ 灵雨:好雨。《诗·鄘风·定之方中》:"灵雨既零。"

⑥ 冷红:指秋天的寒花。浦溆(xù 续):水边。

金缕曲

赠梁汾①

德也狂生耳②。偶然间、缁尘京国,乌衣门第③。有酒惟浇赵州土,谁会成生此意④。不信道、遂成知己⑤。青眼高歌俱未老⑥,向樽前⑦、拭尽英雄泪。君不见，月如水。　　共君此夜须沉醉。且由他、蛾眉谣诼，古今同忌⑧。身世悠悠何足问⑨，冷笑置之而已。寻思起、从头翻悔⑩。一日心期千劫在⑪，后身缘⑫、恐结他生里。然诺重⑬，君须记。

注释

① 这首词是赠与友人顾贞观的题照之作。词人与顾贞观交为莫逆，本词写于两人相知后不久。性德身为贵家公子，居三等侍卫之职，故以平原君自况，对身居下僚的顾贞观深表同情。作品坦诚地表露了对朋友的真挚情谊。梁汾：参见《菩萨蛮》(知君此际情萧索)注①。

② "德也"句：谓我本是个狂放不羁的人。德，词人自谓。

③ "偶然"二句：谓自己出身豪门望族，又在京城奔走供职，过着世俗的生活，实属偶然。缁(zī 资)尘，风尘。京国，京城。乌衣门第，晋朝王谢两世家大族住在南京的乌衣巷，故以乌衣巷指代贵族之家。

④ "有酒"二句：用平原君的典故表示自己喜好交游、礼贤下士却无人理解。李贺《浩歌》："买丝绣作平原君，有酒惟浇赵州土。"王琦注："古之平原君虚己下士，深可敬慕。今日既无其人，惟当买丝绣其形而奉之，取酒浇其墓而吊之已矣。深叹举世无有能得士者。"会，理解。成生，作者又名成容若，故自称成生。

⑤ "不信道"句:形容乍逢知己,竟不敢相信的情态。

⑥ "青眼"句:谓我俩相互倾心,纵声高歌在尚未老去的年龄。杜甫《短歌行赠王朗司直》诗:"青眼高歌望吾子,眼中之人吾老矣。"青眼,表示高兴而对人敬重。《晋书·阮籍传》:"籍又能为青白眼,见礼俗之士,以白眼对之。"

⑦ 樽(zūn 尊):盛酒器。

⑧ "且由他"二句:意谓姑且由那些小人去造谣中伤,这种卑鄙的行为古来如此。蛾眉谣诼,造谣中伤。屈原《离骚》:"众女嫉余之蛾眉兮,谣诼谓余以善淫。"顾贞观曾因遭人诽谤而落职。蛾眉,蚕蛾的触须弯曲细长,故用以比作女子的眉毛。

⑨ 悠悠:犹悠谬,此处形容人事难料。

⑩ 翻:反而。

⑪ "一日"句:谓一日之心期相许,成为知己,虽经千劫,仍然长存。心期,谓两相期许。劫,佛经谓天地的形成到毁灭为一劫。

⑫ 后身缘:佛家语,谓来世的因缘。

⑬ 然诺重:即重承诺。

辑评

　　徐釚曰:金粟顾梁汾舍人风神俊朗,大似过江人物。……画侧帽投壶图,长白成容若题《贺新凉》(按:即本词)一阕于上云。词旨欹崎磊落,不啻坡老、稼轩。都下竞相传写,于是教坊歌曲间无不知有《侧帽词》者。(《词苑丛谈》)

　　郭麐曰:容若专工小令,慢词间一为之,惟题梁汾枡香小影

"德也狂生耳"一首，最为跌宕。(《灵芬馆词话》)

谢章铤曰：纳兰容若深于情者也，固不必刻画《花间》，俎豆《兰畹》，而一声《河满》，辄令人怅惘欲涕。情致与《弹指》最近，故两人遂成莫逆。读两家短调，觉阮亭脱胎温、李，犹费拟议。其中赠寄梁汾《贺新凉》、《大酺》诸阕，念念以来生相订交，情至此，非金石所能比坚。(《赌棋山庄词话》)

傅庚生曰：其率真无饰，至令人惊绝。率真则疏快而不滞，不滞则见赋于天者，可以显现而无遗，生香天色，此其是已。(《中国文学欣赏举隅》)

金缕曲

再赠梁汾，用秋水轩旧韵①

酒涴青衫卷②。尽从前、风流京兆③，闲情未遣。江左知名今廿载④，枯树泪痕休洒⑤。摇落尽⑥、玉蛾金茧⑦。多少殷勤红叶句，御沟深、不似天河浅⑧。空省识，画图展⑨。　　高才自古难通显。枉教他、堵墙落笔⑩，凌云书扁⑪。入洛游梁重到处⑫，骇看村庄吠犬。独憔悴、斯人不免⑬。衮衮门前题凤客⑭，竟居然、润色朝家典⑮。凭触忌，舌难剪⑯。

注释

① 这是一首写给友人的词。词人极力赞赏友人的才情,同时也对朝廷的用人制度提出质疑,对友人不被重用的处境加以宽慰。梁汾:参见《菩萨蛮》(知君此际情萧索)注①。秋水轩:清代周在浚书斋名,曾为文人聚集之所,曹尔堪在此首唱"剪"字韵,众人唱和,为清初词坛盛事。后来很多人以"剪"字押韵作词,称为"秋水轩倡和韵"或"秋水轩旧韵"。

② 浼(wò 卧):弄脏。

③ 风流京兆:意谓梁汾如张敞一样,皆为风流名士。据《汉书·张敞传》载,张敞在家中为妻子画眉,有人报告朝廷,以为有伤风化。皇上询问张敞,张敞不以为然,说:"夫妇闺中的私事,更有超过画眉的。"张孝祥《丑奴儿》词:"画眉京兆风流甚。"京兆,京都,指北京。

④ 江左:江东。魏禧《日录·杂说》:"江东称江左,何也?曰:自江北视之,江东在左。"

⑤ "枯树"句:谓看见枯树而流泪。刘义庆《世说新语·言语》:"桓公北征经金城,见前为琅邪时种柳皆已十围,慨然曰:'木犹如此,人何以堪!'攀枝执条,泫然流泪。"泫(xuàn 炫),流泪。

⑥ 摇落:凋谢,零落。

⑦ 玉蛾金茧:谓杨花柳絮。吴绮《柳含烟·咏柳》词:"江南路,柳丝垂,多少齐梁旧事,玉蛾金茧只菲菲,挂斜晖。"

⑧ "多少"二句:意谓朝廷用人办事的种种苛刻条款,如同深深

94

的御沟,难以逾越半步。据孟棨《本事诗》载,顾况在皇宫旁的御苑游玩,在皇宫流出的溪水上捡得一片桐叶,上有宫女题诗曰:"一入深宫里,年年不见春。聊题一片叶,寄与有情人。"顾况也在桐叶上题诗一首,放入水中,诗云:"花落深宫莺亦悲,上阳宫女断肠时。帝城不禁东流水,叶上题诗欲寄谁?"数日后,顾况又得一叶,上云:"一叶题诗出禁城,谁人酬和独含情。自嗟不及波中叶,荡漾乘春取次行。"

⑨ "空省"二句:意谓朝廷不能识别人才而错失贤良。据《西京杂记》载,汉元帝宫妃众多,不得常见,便叫画工画出肖像,按图召见。众宫妃都贿赂画工,只有王昭君不肯,画工便故意将其丑化。汉朝与匈奴和亲,元帝按图将王昭君远嫁匈奴,临行前,元帝看见昭君的美貌,后悔不已。杜甫《咏怀古迹五首》其三:"画图省识春风面,环珮空归夜月魂。"省(xǐng 醒)识,等于说辨认。

⑩ 堵墙落笔:意谓人才因同列见嫉,致人主恩不得终。杜甫《莫相疑行》:"忆献三赋蓬莱宫,自怪一日声烜赫。集贤学士如堵墙,观我落笔中书堂。"堵墙,墙壁,喻人多密集。

⑪ 凌云书扁:意谓人才不得敬重,用非其道。据《晋书·王献之传》载,谢安曾想让王献之为太极殿题榜,怕其不肯,便托词说:"魏朝大臣韦仲将曾爬到殿门上去书写殿榜,为此惊吓劳苦,须鬓尽白。"王献之揣摩出谢安的用意,便回答说:"韦仲将乃魏之大臣,哪能做这样的事情? 如果真有此事,那正说明魏朝速亡的原因。"

⑫ 入洛:喻指到京都。《陆机别传》:"晋太康末,俱入洛,司徒张华一见而奇之,遂为之延誉,荐之诸公。"游梁,意谓与名士交游。《史记·司马相如列传》:"是时梁孝王来朝,从游说之士齐人邹阳、淮阴枚乘、吴庄忌夫子之徒,相如见而说之,因病免,客游梁,梁孝王令与诸生同舍,相如得与诸生游士居。"

⑬ "独憔"句:对友人的宽慰之语。意谓连李白这样才华横溢的人也难免落魄。杜甫《梦李白二首》其二:"冠盖满京华,斯人独憔悴。"

⑭ 衮(gǔn 滚)衮:相继不绝。题凤客:指凡俗之人。据刘义庆《世说新语·简傲》载,嵇康与吕安友善,吕安曾拜访嵇康,正值嵇康不在,其兄嵇喜出门接待。吕安不入,在其门上题"凤"字而离去。嵇喜不觉,反而很高兴。其实"凤"字乃"凡鸟"二字的组合(繁体作"鳳"),这是在暗损嵇喜。

⑮ 朝家典:朝廷典册文书。

⑯ "凭触"二句:谓顾贞观说话直言犯讳,却不愿修剪舌头以苟合于人。触忌,触犯禁忌。

辑评

唐圭璋曰:当时满汉之界甚严,居朝中,颇有不学无术之满人,而高才若西溟、梁汾诸人,反沉沦于下。于是容若既怜友人之落魄,复愤当朝之措施失当。观其《金缕曲》云:"衮衮门前题凤客,竟居然、润色朝家典。凭触忌,舌难剪。"此种愤世之情,

竟毫无顾忌,慷慨直陈,而为友之真诚,尤可景仰。(《纳兰容若评传》)

金缕曲

亡妇忌日有感①

此恨何时已。滴空阶、寒更雨歇②,葬花天气③。三载悠悠魂梦杳④,是梦久应醒矣。料也觉、人间无味。不及夜台尘土隔⑤,冷清清、一片埋愁地⑥。钗钿约⑦,竟抛弃。   重泉若有双鱼寄⑧。好知他、年来苦乐,与谁相倚。我自终宵成转侧⑨,忍听湘弦重理⑩。待结个、他生知己⑪。还怕两人俱薄命,再缘悭、剩月零风里⑫。清泪尽,纸灰起⑬。

注释

① 这首词抒写对亡妻的哀思和人生的感慨。全篇痴语入骨,充分体现出纳兰词"哀感顽艳"的特点。亡妇:死去的妻子。忌日:指每年妻子死亡的那天。

② 更:更漏,刻漏,古代计时器。

③ 葬花天气:农历五月下旬,正是落花时节。此处"葬花"二字, 明写时令,暗喻妻亡,一语双关。

④ 悠悠:遥远,无穷尽。杳(yǎo 咬):渺茫。

⑤ 夜台:墓穴。

⑥ 埋愁地:指墓地。

⑦ 钗钿约:古代夫妻间常以金钗与钿盒作为定情的信物。钿 (diàn 电),钿盒,金饰之盒。参见《鹊桥仙》(乞巧楼空)注⑤。

⑧ 重(chóng 虫)泉:黄泉,九泉。双鱼:指书信。《古乐府》:"客 从远方来,遗我双鲤鱼。呼童烹鲤鱼,中有尺素书。"

⑨ 转侧:辗转不眠之状。

⑩ "忍听"句:意谓自己不忍重弹旧弦,怕加深内心的伤感。湘 弦,此指亡妻生前用过的琴。

⑪ "待结个"句:意谓希望来世能再结为夫妻。

⑫ "还怕"二句:意谓我们两人可能依然命薄,来生之缘还是无 法长久,依然像眼前的残月凄风。缘悭(qiān 千),谓缺少缘 分。剩月零风,残月凄风,喻好景不长。

⑬ 纸灰:焚化纸钱之灰。

辑评

唐圭璋曰:柔肠九转,凄然欲绝。(《纳兰容若评传》)

钱仲联曰:有人物活动,更突出主观抒情,极哀怨之致,这一 阕可为代表。(《清诗三百首》)

南歌子

古　戍①

　　古戍饥鸟集，荒城野雉飞②。何年劫火剩残灰③，试看英雄碧血④、满龙堆⑤。　　玉帐空分垒，金笳已罢吹⑥。东风回首尽成非，不道兴亡命也、岂人为⑦。

注释

① 这是一首怀古之作。词人面对荒凉惨淡的古战场发生了深深的感叹。古戍:古代将士守边之处。

② 野雉:野鸡。

③ 劫火:指世界毁灭时所起的大火,后亦指战火。

④ 碧血:指志士仁人所流的血。《庄子·外物》:"伍员流于江,苌弘死于蜀,藏其血,三年而化为碧。"

⑤ 龙堆:沙漠名,在今新疆境内。

⑥ "玉帐"二句:意谓战争已成往事。玉帐,主将所居营帐的美称。金笳,铜制的胡笳。

⑦ "不道"二句:何不思兴亡成败乃天命注定,哪是人力能改变的呢? 不道,犹何不想,何不思。

《南歌子》（古戍饥乌集）

南歌子①

暖护樱桃蕊,寒翻蛱蝶翎②。东风吹绿渐冥冥③,不信一生憔悴、伴啼莺④。　　素影飘残月,香丝拂绮棂。百花迢递玉钗声⑤。索向绿窗寻梦、寄余生⑥。

注释

① 在现实与幻想的交错中,词人抒写了对亡妻的思念。

② 蛱(jiá颊)蝶:蝴蝶的一种。翎(líng零):鸟羽,此指蝶翅。

③ 渐冥冥:指绿叶的颜色渐深。冥冥,深暗貌。

④ "不信"句:暗示妻子已故。

⑤ "素影"三句:描写词人的幻觉。意谓亡妻之影在月光下飘然而来,散发幽香的发丝轻略过镂刻花纹的窗格,百花丛中不断传来玉钗之声。香丝,指女子之发。绮棂,镂刻花纹的窗格。杜审言《和康五庭芝望月有怀》诗:"雾濯清辉苦,风飘素影寒。"

⑥ 索:犹应。

辑评

陈廷焯:"不信"二字真妙,真有情人语。(下片)凄艳欲绝。(《云韶集》)

101

一络索①

野火拂云微绿②，西风夜哭③。苍茫雁翅列秋空，忆写向、屏山曲④。　　山海几经翻覆⑤，女墙斜矗⑥。看来费尽祖龙心⑦，毕竟为、谁家筑。

注释

① 这是一首怀古词,其中蕴含着深远的历史感和沉重的忧患意识。

② 野火:此指磷火。《物类相感志》:"山林薮泽,晦明之夜,则野火生焉,布散如人秉烛。其色青,异乎人火。"

③ "西风"句:形容风声凄厉,亦可理解为战场冤魂的哭声。杜甫《去秋行》:"战场冤魂每夜哭,空令野营猛士悲。"

④ "苍茫"二句:意谓雁列秋空的景象曾在家中屈曲的屏风上见过。屏山曲,即曲折的屏风。

⑤ 翻覆:反复,谓兴亡更迭。

⑥ 女墙:城墙上呈凹凸形的小墙,此指长城。

⑦ 祖龙:指秦始皇。《史记集解》:"苏林曰:祖,始也;龙,人君象。谓始皇也。"

一络索①

过尽遥山如画，短衣匹马②。萧萧落木不胜秋③，莫回首、斜阳下。　　别是柔肠萦挂，待归才罢。却愁拥髻向灯前，说不尽、离人话④。

注释

① 这首词写于征途中，表现了对妻子的思念。

② "短衣"句：谓穿着短衣，骑着马，奔驰在征途上。

③ 落木：指落叶。

④ "却愁"二句：意谓却担心归来对灯夜话时，难以说尽自己的离愁别恨。宋刘辰翁《宝鼎现》词："又说向、灯前拥髻，暗滴鲛珠坠。"拥髻，捧持发髻。

忆王孙①

西风一夜剪芭蕉②，满眼芳菲总寂寥，强把心情付浊醪③，读离骚，洗尽秋江日夜潮。

注释

① 这是一首抒怨之作。一夜秋风,群芳吹残,抬眼望去,满眼寂寥,无端的愁绪,只能以酒来浇。

② 剪:这里是吹破的意思。

③ 浊醪(láo 劳):浊酒。醪,酒糟,这里指酒。

忆王孙①

刺桐花底是儿家②,已拆秋千未采茶③,睡起重寻好梦赊④,忆交加⑤,倚着闲窗数落花。

注释

① 这首词描写一位少女的生活片段。全篇不见雕琢,不缘藻饰,清新可爱,情味隽永。

② 刺桐:落叶乔木,又名山芙蓉、海桐。儿家:犹我家,女子口语。

③ 已拆秋千:旧俗于寒食清明后拆秋千,表明是晚春时节。

④ 赊:远,渺茫。

⑤ 忆交加:谓思念之甚。

忆王孙①

暗怜双绁郁金香，欲梦天涯思转长②，几夜东风昨夜霜，减容光③，莫为繁花又断肠。

注释

① 这是一首闺怨词。
② "暗怜"二句：谓见到两束相并的郁金香而愈加思念远在天涯的爱人。绁(xiè谢)，拴，缚。
③ "几夜"二句：意谓几夜风霜后，花减却了艳丽的颜色。这里是明写花，暗写人，表示自己容光不再。

天仙子①

梦里蘼芜青一剪②，玉郎经岁音书远③。暗钟明月不归来，梁上燕④，轻罗扇⑤。好风又落桃花片。

注释

① 这首词系写闺怨。女子梦见一片蘼芜，想起了久无音讯的爱人。孤独的她只有看着桃花落尽。

② 蘼芜:香草名,又称江蓠,诗词中多用以表示思妇怀人。《玉台新咏·古诗八首》其一:"上山采蘼芜,下山逢故夫。"一剪:一片。

③ 玉郎:女子对丈夫或情人的爱称。

④ "暗钟"二句:意谓夜晚的钟声已响,明月已出,丈夫却还未归来,梁上的燕子倒认得旧巢而归来。暗钟,犹晚钟,夜晚的钟声。

⑤ 轻罗扇:轻薄丝料所制的扇子,诗词中常以喻女子之孤寂。

辑评

田茂遇曰:雅隽绝伦。(《清平初选后集》)

陈廷焯曰:不减五代人手笔。(《词则·大雅集》)又曰:措辞遣句,直逼五代人。(《云韶集》)

天仙子

渌水亭秋夜①

水浴凉蟾风入袂②,鱼鳞触损金波碎③。好天良夜酒盈樽④,心自醉,愁难睡。西南月落城乌起⑤。

① 渌水亭是词人的私家园林,在北京什刹海附近。词人《渌水亭》诗云:"野色湖光两不分,碧云万顷变黄云。分明一幅江林画,着个闲亭挂夕曛。"这首词描绘了渌水亭秋夜的湖光、月色及饮酒欢娱的场景,其中蕴含了兴尽哀来的感伤。

② 水浴凉蟾:谓水中月影荡漾。蟾,蟾蜍。传说月中有玉蟾,故常以指代月亮。袂(mèi 媚):衣袖。

③ 鱼鳞:喻水纹。金波:谓月光。

④ 樽(zūn 尊):盛酒器。

⑤ "西南"句:意谓天色欲晓。城乌:城楼上的乌鸦。

相见欢①

微云一抹遥峰②,冷溶溶,恰与个人清晓画眉同③。　　红蜡泪,青绫被④,水沉浓⑤,却与黄茅野店听西风⑥。

注释

① 本词叙写客旅塞外的词人对行役生涯的无奈和悠悠乡思。

② "微云"句:秦观《满庭芳》词:"山抹微云,天粘衰草。"

③ 个人:那人。

④ 青绫:青色的丝织品。

⑤ 水沉:用沉香木制成的香,亦指这种香所散发的香气。

⑥ "却与"句:意谓自己身居侍卫之职,应值宿宫中,现却身处黄茅野店,听着西风的呼啸。

相见欢①

　　落花如梦凄迷,麝烟微②,又是夕阳潜下小楼西。　　愁无限,消瘦尽,有谁知,闲教玉笼鹦鹉念郎诗③。

注释

① 这首词系写闺怨。闺中思妇在落花凄迷的黄昏独立小楼,目送斜阳,内心充满了无尽的忧愁。

② 麝烟:麝香所制的熏香。

③ "闲教"句:柳永《甘草子》词:"奈此个单栖情绪,却傍金笼共鹦鹉,念粉郎言语。"

生查子①

　　短焰剔残花②，夜久边声寂③。倦舞却闻鸡④，暗觉青绫湿⑤。　　天水接冥濛⑥，一角西南白。欲渡浣花溪⑦，远梦轻无力。

注释

① 本篇作于词人旅居塞外之时，描写了破晓时分塞外的清冷景象以及词人在半梦半醒之际的倦怠感受。

② 短焰：指蜡烛的火苗短小。剔残花：把残存的灯花剪去，使烛光明亮。

③ 边声：边地特有的声音，如马嘶、风吼、戍角声，战鼓声等等。

④ "倦舞"句：意谓在倦于起舞的时候却偏偏听到鸡鸣声。此处反用祖逖"闻鸡起舞"的典故。

⑤ 青绫：青色的丝织品，此指青绫被。

⑥ 冥濛：幽暗貌。

⑦ 浣花溪：在成都市西郊，为锦江支流。杜甫曾于溪边筑草堂而居，此借指自己家。

生查子①

　　惆怅彩云飞，碧落知何许②。不见合欢花，空倚相思树③。　　总是别时情，那待分明语。判得最长宵④，数尽厌厌雨⑤。

注释

① 这首词作于妻子卢氏死后，叙述了词人凄清孤苦的鳏居生活。彩云的飞逝暗示爱妻的亡故，死别的情景令词人辗转难眠。

② 碧落：青天。白居易《长恨歌》："上穷碧落下黄泉，两处茫茫皆不见。"何许：何处。

③ "不见"二句：乃虚写，只取"合欢"、"相思"的字面意。

④ 判得：犹甘愿。

⑤ 厌厌雨：淅沥不绝之雨。

生查子①

东风不解愁，偷展湘裙衩②。独夜背纱笼，影著纤腰画③。　　爇尽水沉烟④，露滴鸳鸯瓦⑤。花骨冷宜香，小立樱桃下⑥。

注释

① 这首词刻画一位怀春少女。在沉香燃尽、露滴鸳瓦的静夜，

少女立于樱桃花下，东风吹动裙摆，灯光衬出其纤细的腰肢。全词恰似一幅仕女图，"花骨"句似画评。

② "东风"二句：谓风吹裙摆。湘裙，湘地丝绸制成的裙。衩(chà 诧)，衣裙下边的开口。

③ "独夜"二句：谓女子独自背灯而立，灯光清晰地映出其纤细腰肢的轮廓。纱笼，带纱罩的烛灯。著，明显，清晰。

④ 爇(ruò 弱)：烧。水沉烟：用沉香木制成的香。

⑤ 鸳鸯瓦：参见《菩萨蛮》(春云吹散湘帘雨)注⑥。

⑥ "花骨"二句：谓身骨纤弱的女子，偶立于樱桃花下，与花香十分相宜。花骨，喻女子的软弱身骨。小：暂时，偶尔。

赤枣子①

惊晓漏，护春眠②，格外娇慵只自怜。寄语酿花风日好③，绿窗来与上琴弦④。

注释

① 这首小词只寥寥数语，一位令人怜爱的少女形象便呼之欲出。

② "惊晓漏"二句：谓清晨的漏声将人惊醒，却依然贪睡。

111

③ 寄语：谓传语。酿花：催花开放。吴潜《江城子》词："正春妍，酿花天。"

④ "绿窗"句：赵光远《咏手二首》其二："捻玉搓琼软复圆，绿窗谁见上琴弦。"

眼儿媚

中元夜有感①

手写香台金字经②，惟愿结来生。莲花漏转，杨枝露滴③，相鉴微诚。　欲知奉倩神伤极④，凭诉与秋擎⑤。西风不管，一池萍水，几点荷灯⑥。

注释

① 这首词系对亡妻的哀悼，作于卢氏去世当年的七月十五日中元夜。旧俗七月十五日中元节僧侣结盂兰盆，夜间在水边放河灯，同时诵经施食，以超度亡灵。中元：农历七月十五日。佛教传说目连的母亲堕入饿鬼道中，食物入口，即化烈火，目连求救于佛，佛为他说盂兰盆经，叫他在七月十五日作盂兰盆以救其母。后代把中元看成鬼节，有施饿鬼、超度亡灵等活动。

② 香台:香木做的台,指佛堂。金字经:用金泥写成的经文,指佛经。

③ "莲花"二句:此二句暗关佛教。莲花漏转,谓时间推移。莲花漏,古代一种计时器。莲花为佛门妙法,《莲花经》为佛门经典,莲花界为佛地,莲花台为佛坐具。杨枝露滴,佛家以为杨柳枝上的甘露是起死回生的神水。

④ 奉倩神伤:据《晋阳秋》载,荀粲(字奉倩)因妻子亡故而神伤。

⑤ 秋擎:秋灯。

⑥ 荷灯:又称河灯。旧俗中元制荷花形小灯,浮于水面以祭鬼。

眼儿媚

咏 梅①

莫把琼花比澹妆②,谁似白霓裳③。别样清幽,自然标格④,莫近东墙⑤。　　冰肌玉骨天分付⑥,兼付与凄凉。可怜遥夜,冷烟和月⑦,疏影横窗⑧。

注释

① 这首词咏白梅。梅有红、白之分,红梅雍容,白梅素雅。词人对白梅的欣赏,寄寓了自己高洁的情怀。

《眼儿媚》（莫把琼花比澹妆）

② 琼花:扬州琼花为绝世之珍。韩琦《后土庙琼花》诗:"维扬一枝花,四海无同类。"澹(dàn 但)妆:指梅花。

③ 霓裳:以霓为裳。谓服饰之美,喻梅花之色貌。霓,彩虹之外环。

④ 标格:风度。

⑤ "莫近"句:意谓梅花之美应是超然脱俗的,不要去沾染媚俗之气。宋玉《登徒子好色赋》:"天下之佳人,莫若楚国,楚国之丽者,莫若臣里,臣里之美者,莫若臣东家之子……然此女登墙窥臣三年,至今未许也。"

⑥ "冰肌"句:谓梅花之美乃天然赋予。冰肌玉骨,指女子皮肤白皙洁美,此喻梅花之姣好。分付,交给,赋予。

⑦ 烟:云烟。

⑧ 疏影:指梅花疏朗的影子。宋林逋《山园小梅二首》其一:"疏影横斜水清浅,暗香浮动月黄昏。"

辑评

唐圭璋曰:"别样清幽,自然标格,莫近东墙",则就花之神情描写而隐有寄托者,皆一面写花,一面自道也。(《纳兰容若评传》)

眼儿媚①

独倚春寒掩夕扉,清露泣铢衣②。玉箫吹梦,金钗画影③，悔不同携。　　刻残红烛曾相待④，旧事总依稀。料应遗恨，月中教去，花底催归。

注释

① 这首词通过一系列幻想和回忆来抒写对亡妻的思念。

② 铢衣：极轻的衣裙，传说乃仙人所穿。铢(zhū 朱)：古重量单位，二十四铢为一两。

③ "玉箫"二句：意谓过去的情事，如梦如影。

④ 刻残红烛：古人刻烛而燃，以计时，这里暗示夜深。

眼儿媚①

重见星娥碧海槎②，忍笑却盘鸦③。寻常多少，月明风细，今夜偏佳。　　休笼彩笔闲书字，街鼓已三挝④。烟丝欲袅，露光微泫，春在桃花⑤。

注释

① 这首词描写与爱人重逢的喜悦场面。作品先刻画对方的动人神情，再写自己的欣喜，最后以景物描绘喻男女情事，隐约含蓄而不流于庸俗。

② “重见”句：谓与情人再次相会。李商隐《海客》诗："海客乘槎上紫氛，星娥罢织一相闻。"星娥，织女，此指情人。槎(chá茶)，木筏。

③ “忍笑”句：描绘情人的神态。却，犹再。盘鸦，指女子梳头绕发。李贺《美人梳头歌》："纤手却盘老鸦色，翠滑宝钗簪不得。"

④ “休笼”二句：谓夜已深，警夜之鼓已敲过三下，不再握笔写字。笼，犹握。三挝(zhuā抓)，击鼓三下。

⑤ “烟丝”三句：以景物描写喻男女情事。烟丝，如烟的柳丝。袅，随风摆动貌。泫(xuàn绚)，水珠下滴。

荷叶杯①

帘卷落花如雪，烟月。谁在小红亭？玉钗敲竹乍闻声，风影略分明②。　　化作彩云飞去，何处？不隔枕函边。一声将息晓寒天，肠断又今年③。

注释

① 这是一首悼亡词。先写幻境，再以妻子化云而去转入现实，表达了生死相别的悲感。

② "烟月"四句:写梦境。烟月,朦胧的月色。玉钗敲竹,表明主
　　人公心事难耐,借以排遣愁绪。风影,随风晃动的物影,此指
　　那人的身影。
③ "何处"四句:写梦醒。不隔枕函边,意谓与她的枕边情义总
　　是隔不断的。将息,劝人休息,保重。

长相思①

　　山一程,水一程,身向榆关那畔行②,夜深千帐
灯。　　风一更,雪一更,聒碎乡心梦不成③,故园
无此声④。

注释

① 这首词作于旅途中,荒寒苍莽的景象让词人油然生发思亲怀
　　乡之情。
② "身向"句:谓自己正向关外行进。榆关,即山海关,因其位于
　　河北省临榆县,故称,今属河北秦皇岛市。那畔,那边,指
　　关外。
③ 聒(guō 郭)碎:搅碎。聒,嘈杂。
④ 故园:故乡。

王国维曰："明月照积雪"，"大江流日夜"，"中天悬明月"，"长河落日圆"，此种境界，可谓千古壮观。求之于词，唯纳兰容若塞上之作，如《长相思》之"夜深千帐灯"，《如梦令》之"万帐穹庐人醉，星影摇摇欲坠"差近之。（《人间词话》）

唐圭璋曰：《花间》有句云"红纱一点灯"，此言"夜深千帐灯"，境界一大一小，然各极其妙。（《纳兰容若评传》）

朝中措①

蜀弦秦柱不关情②，尽日掩云屏。已惜轻翎退粉③，更嫌弱絮为萍④。　　东风多事，余寒吹散，烘暖微酲⑤。看尽一帘红雨⑥，为谁亲系花铃⑦。

注释

① 这首词描写伤春之情。

② "蜀弦"二句：谓动听的琴声亦不能使自己动心，整日掩着云母屏风。蜀弦秦柱，指筝瑟。蜀弦，用蜀地的蚕丝做成的弦。秦柱，筝相传为秦将蒙恬所造，故称秦筝、秦柱。关情，动情。

③ "已惜"二句：写惜春之情。轻翎(líng 陵)，蝶翅。退粉，罗大

经《鹤林玉露》："蝶交则粉退,蜂交则黄退。"

④ 絮为萍:柳絮入水化为浮萍。《群芳谱》："萍,一名水花。春初始生,杨花入水所化。"

⑤ "烘暖"句:谓暖意融融令人陶醉。酲(chéng 成):酒后神志不清有如患病的感觉。

⑥ 红雨:喻落花。

⑦ 花铃:即护花铃。王仁裕《开元天宝遗事》："天宝初,宁王日侍,好声乐。风流蕴藉,诸王弗如也。至春时,于后园中纫红丝为绳,密缀金铃,系于花梢之上,每有鸟鹊集,则令园吏掣铃索以惊之,盖惜花之故也。"

寻芳草

萧寺纪梦①

客夜怎生过②,梦相伴、绮窗吟和③。薄嗔佯笑道④,若不是恁凄凉⑤,肯来么。　　来去苦匆匆,准拟待⑥、晓钟敲破。乍偎人、一闪灯花堕⑦,却对着、琉璃火⑧。

注释

① 身在他乡而梦见妻子,梦境的温馨与醒后的孤寂形成强烈的

120

反差,令词人倍感凄凉。萧寺:指庙宇。

② 客:旅居他乡。

③ 吟和:吟诗唱和。

④ 薄嗔佯笑:谓调笑时假装生气。嗔(chēn抻),生气。

⑤ 恁(nèn嫩):如此,这样。

⑥ 准拟:准备、打算。

⑦ 灯花:灯芯的余烬,爆成花形。

⑧ 琉璃火:佛寺内供佛用的琉璃灯。

秋千索

渌水亭春望①

炉边唤酒双鬟亚②,春已到、卖花帘下。一道香尘碎绿蘋③,看白裕、亲调马④。　　烟丝宛宛愁萦挂⑤,剩几笔、晚晴图画⑥。半枕芙蕖压浪眠,教费尽、莺儿话⑦。

注释

① 这首词描绘渌水亭周边的春景。渌水亭:词人家中的园亭名,在北京什刹海附近。

② 垆:酒店安放酒坛的土台子。双鬟亚:谓卖酒姑娘梳着下垂的双环形发髻。亚,低垂貌。

③ "一道"句:意谓湖中水禽划破水面。

④ "看白袷"句:谓看身穿白色夹衣的人亲自训练马匹。白袷(jiá 颊),白色夹衣。调马,驯马。

⑤ 烟丝:如烟的柳丝。宛宛:柔弱貌。

⑥ 晚晴图画:即晚晴景色。吴融《富春》诗:"水送山迎入富春,一川如画晚晴新。"

⑦ "半枕"二句:意谓纵使群莺乱啼,自己依旧安眠于荷花池边。芙蕖,荷花的别称。教费尽莺儿话,王安国《清平乐》词:"留春不住,费尽莺儿语。"

秋千索①

药阑携手销魂侣②,争不记、看承人处③。除向东风诉此情,奈竟日、春无语。　　悠扬扑尽风前絮④,又百五⑤、韶光难住⑥。满地梨花似去年,却多了、廉纤雨⑦。

注释

① 本篇乃怀人之作,先抒发别后的相思,转而写景,寓以伤春

之情。

② "药阑"句：写当年情景。药阑，芍药栏。

③ 争：犹怎。看承：护持，照顾。

④ 絮：柳絮，又称杨花。

⑤ 百五：寒食，在清明前一二日。《荆楚岁时记》："去冬节一百
　五日，即有疾风甚雨，谓之寒食，禁火三日。"

⑥ 韶光：春光。

⑦ 廉纤雨：细雨。

辑评

陈廷焯曰：悲惋。曰似去年，已不胜物是人非之感，再加以
廉纤雨，有心人何以为情也。（《云韶集》）

秋千索①

游丝断续东风弱②，浑无语③、半垂帘幕。茜袖
谁招曲槛边，弄一缕、秋千索④。　　惜花人共残春
薄⑤，春欲尽、纤腰如削。新月才堪照独愁，却又
照、梨花落。

注释

① 这首词的主旨是伤春,残春的景致与女子纤细的体态相映衬,组成了一幅优美而略带伤感的暮春图景。

② 游丝:飘荡的蛛丝。

③ 浑,犹全。

④ "茜袖"二句:谓曲槛边红袖招招的少女,正戏弄着秋千。茜(qiàn 欠),大红色。

⑤ 惜花人:指戏弄秋千的少女。薄:弱,瘦。

好事近①

帘外五更风,消受晓寒时节②。刚剩秋衾一半,拥透帘残月③。   争教清泪不成冰,好处便轻别④。拟把伤离情绪,待晓寒重说。

注释

① 这首词诉说一位女子在情人离去后的相思之苦。

② 消受:忍受。

③ "刚剩"二句:谓秋夜冰凉的被子刚多出一半,又拥着被子对着帘外的残月。暗示一人独眠。

④ "争教"二句:谓怎样才能教眼泪不长流呢? 最好是将离别看
　　得轻些。

辑评

　　陈廷焯曰:"(下片)淋漓沉痛。"(《云韶集》)

好事近①

　　何路向家园,历历残山剩水②。都把一春冷澹,
到麦秋天气③。　　　　料应重发隔年花④,莫问花前
事。纵使东风依旧,怕红颜不似。

注释

① 这首词抒写词人的离愁。
② 历历:分明,清晰。残山剩水:这是处于羁旅中的词人对景物
　　的感受。
③ 麦秋:指农历四月,为收麦季节。
④ 隔年:去年。

好事近①

马首望青山，零落繁华如此②。再向断烟衰草，认藓碑题字③。　休寻折戟话当年④，只洒悲秋泪。斜日十三陵下，过新丰猎骑⑤。

注释

① 这是一首怀古词。作为明朝诸帝陵寝的十三陵，如今荒凉冷落，毫无壮丽巍峨之象。面对此景，词人俯仰古今，感慨不尽。

② "马首"二句：谓从马头朝前望去，眼前只青山一片，过去的繁华早已不见。

③ 藓碑：长有苔藓的石碑。

④ "休寻"句：杜牧《赤壁》诗："折戟沉沙铁未销，自将磨洗认前朝。"

⑤ "斜日"二句：意谓前朝皇帝的陵园，已成了新朝皇族的猎场。十三陵，明皇陵，在北京昌平天寿山，葬明成祖后十三帝，此处喻前朝。过新丰猎骑，用王维《观猎》诗"忽过新丰市"义。新丰，汉县名，在陕西临潼境内。猎骑(jì记)，猎者的坐骑。

太常引

自题小照①

　　西风乍起峭寒生②，惊雁避移营③。千里暮云平④，休回首、长亭短亭⑤。　　无穷山色，无边往事，一例冷清清。试倩玉箫声⑥，唤千古、英雄梦醒。

注释

① 这是一首题照之作，全篇没有过多的感慨，而是以景传情，塞外苍莽的景色寄寓了词人的博大襟怀。

② 乍：忽然。峭寒：严寒。

③ 惊雁：惊弓之雁。移营：已迁移的营地旧址。

④ "千里"句：用王维《观猎》诗成句。

⑤ 长亭短亭：古时驿道旁供人休息之亭，十里一长亭，五里一短亭。

⑥ 倩(qiàn欠)：请。

太常引①

　　晚来风起撼花铃②，人在碧山亭。愁里不堪听，那更杂③、泉声雨声。　　无凭踪迹，无聊心绪④，谁说与多情。梦也不分明，又何必、催教梦醒。

《太常引》（西风乍起峭寒生）

注释

① 这首作品抒发词人的孤独愁闷之情。

② 撼(hàn 汉)：摇动，打动。花铃：即护花铃，参见《朝中措》(蜀弦秦柱不关情)注⑦。

③ 那：哪堪。

④ "无凭"二句：谓行迹不定，心绪无聊。

辑评

　　陈廷焯曰：("梦也"二句)只"那更"七字，便是情景兼到，真达人语。（《云韶集》）　又曰：容若《饮水词》，在国初亦推作手，较《东白堂词》似更闲雅。然意境不深厚，措词亦浅显。《太常引》云"梦也不分明，又何必、催教梦醒"，亦颇凄警，然意境已落第二乘。（《白雨斋词话》）　又曰：凄切语，亦是放达语。（《词则·别调集》）

　　张德瀛曰：容若《太常引》词云："梦也不分明，又何必、催教梦醒。"竹垞《沁园春》词云："沈吟久，怕重来不见，见又魂消。"二词缠绵往复，郭子玄何必减庾子嵩。（《词徵》）

醉桃源①

　　斜风细雨正霏霏②，画帘拖地垂③。屏山几曲篆香微④，闲庭柳絮飞⑤。　　新绿密，乱红稀⑥，乳莺残日啼。余寒欲透缕金衣⑦，落花郎未归。

注释

① 这首词写闺怨。

② 霏霏：风雨盛貌。

③ 画帘：绘有纹饰的帘子。

④ 屏山：屏风，其上一般绘有山水，故名。篆香：形似篆文的盘香，此指盘香散发的香气。

⑤ 闲庭：寂静的庭院。

⑥ 乱红：零落的花朵。

⑦ 缕金衣：即金缕衣，绣有金丝的衣衫。

清平乐①

　　凄凄切切，惨澹黄花节②。梦里砧声浑未歇③，那更乱蛩悲咽④。　　尘生燕子空楼，抛残弦索床头⑤。一样晓风残月，而今触绪添愁⑥。

注释

① 这是一首悼亡词。

② 惨澹(dàn 但):凄凉的景象。黄花节:即重阳节,农历九月初九。

③ 砧(zhēn 真)声:捣衣声。浑:犹全。

④ 那更:更何况。乱蛩:杂乱鸣叫的蟋蟀。

⑤ "尘生"二句:周邦彦《解连环》词:"燕子楼空,暗尘锁,一床弦索。"燕子楼,在今江苏徐州,唐时张愔爱妓关盼盼曾居此。此处借指亡妻生前居室人去楼空。抛残,犹抛弃。弦索,乐器之弦,此处指代弦乐器。

⑥ 触绪:触动心绪。

清平乐①

孤花片叶②,断送清秋节。寂寂绣屏香篆灭③,暗里朱颜消歇。　　谁怜散髻吹笙④,天涯芳草关情⑤。懊恼隔帘幽梦⑥,半床花月纵横。

注释

① 此词抒写悲秋的情怀。全篇通过凄清唯美的意境来表现主题,宛如一幅深婉隽雅的清秋诗意图。

② "孤花"句:谓花叶已残。

③ 香篆:即篆香,形似篆文的盘香。

④ 散鬓:解散发鬓。

⑤ 关情:动情,牵惹情怀。

⑥ 幽梦:隐约的梦境。

清平乐①

将愁不去②,秋色行难住。六曲屏山深院宇③,
日日风风雨雨。　　雨晴篱菊初香,人言此日重阳。
回首凉云暮叶,黄昏无限思量。

注释

① 这首词抒写词人在重阳日的无边愁绪。全篇不事雕琢,自然
真切,最能见出纳兰小令的风采。

② 将:拿。

③ 六曲屏山:十二扇的屏风,叠作六曲。

清平乐①

风鬟雨鬓②,偏是来无准。倦倚玉阑看月晕③,

容易语低香近④。　　软风吹过窗纱，心期便隔天涯⑤。从此伤春伤别，黄昏只对梨花。

注释

① 这首词抒写对情人的思念之情。

② "风鬟"句：形容妇女发髻散乱。李清照《永遇乐》词："如今憔悴，风鬟雾鬓，怕见夜间出去。"

③ 月晕：环绕月亮周围的光气。

④ 语低香近：意谓与女子低声耳语而接近其幽香的气息。

⑤ "心期"句：意谓如今与她远隔天涯，纵心期相见，也是遥不可及。心期，心愿，期望。

辑评

　　陈廷焯曰：("容易"句)婉丽。"便"字、"从此"二字中有多少沉痛。(《云韶集》)

清平乐

弹琴峡题壁①

泠泠彻夜②，谁是知音者。如梦前朝何处也，一曲边愁难写。　　极天关塞云中③，人随落雁西风。
唤取红巾翠袖，莫教泪洒英雄④。

注释

① 这首词抒发知音难觅的感慨，寥寥数语，令人落寞怆然。弹
  琴峡：朱彝尊《钦定日下旧闻考》："原居庸关有弹琴峡，水流
  石罅，声若调琴。"

② 泠(líng 零)泠：水声清脆貌。

③ "极天"句：谓关塞高耸险峻。

④ "唤取"二句：谓将美丽的女子叫来，不要让英雄落泪。辛弃
  疾《水龙吟》词："倩何人唤取，红巾翠袖，揾英雄泪。"红巾翠
  袖，皆为女子装束，此处指代女子。

清平乐

忆梁汾①

　　才听夜雨，便觉秋如许②。绕砌蛩螀人不语③，
有梦转愁无据④。　　乱山千叠横江，忆君游倦何
方⑤。知否小窗红烛，照人此夜凄凉。

注释

① 这首词抒写对友人的无尽思念。康熙十五年,顾贞观与词人相识于北京,两人交往甚密。二十一年,顾贞观因母丧南归,两人唯以书信往来。梁汾:参见《菩萨蛮》(知君此际情萧索)注①。

② 如许:如此,这样。

③ 砌:台阶。蛩螀(qióng jiāng 穷江):指蟋蟀和寒蝉。

④ "有梦"句:意谓思念友人而成梦,因梦不可靠而忧愁。无据,犹不足凭据,不可靠。

⑤ 游倦:倦于行旅。

清平乐①

塞鸿去矣,锦字何时寄②。记得灯前伴忍泪③,却问明朝行未④。　　别来几度如珪⑤,飘零落叶成堆。一种晓寒残梦,凄凉毕竟因谁⑥。

注释

① 这首词吐露了词人在客旅途中对闺中妻子的思念之情。

② "塞鸿"二句:意谓边地之雁已经离去,书信何时才能得寄呢?

《汉书·苏武传》中有鸿雁传书的说法。塞鸿,边地之雁。锦字,指书信。

③ 佯忍:强忍。

④ 却问:有明知故问之意。

⑤ 珪(guī 归):长条形的玉器,此喻缺月。

⑥ "凄凉"句:谓究竟为何事而凄凉。

雨中花

送徐艺初归昆山①

天外孤帆云外树,看又是春随人去。水驿灯昏②,关城月落,不算凄凉处。　　计程应惜天涯暮,打叠起伤心无数③。中坐波涛④,眼前冷暖⑤,多少人难语。

注释

① 这是一首赠别友人之作,表达了朋友间的依依惜别之情。徐艺初:徐树谷,字艺初,昆山人,是词人老师徐乾学的儿子。

② 水驿:水路驿站。

③ 打叠起:犹言收拾起。

④ 中坐:即坐中。李贺《申胡子觱篥歌》诗:"心事如波涛,中坐时时惊。"

⑤ 冷暖:指世态炎凉,针对徐乾学获罪落职一事而言。

临江仙

塞上得家报,云秋海棠开矣,赋此①

六曲阑干三夜雨②,倩谁护取娇慵③。可怜寂寞粉墙东。 已分裙衩绿④,犹裹泪绡红⑤。 曾记鬓边斜落下,半床凉月惺忪⑥。旧欢如在梦魂中。自然肠欲断⑦,何必更秋风。

注释

① 词人身居塞上,以想象之笔写家中海棠,通过咏海棠来寄托对家园和爱人的思念。秋海棠:多年生草本植物,叶大花小,八月开红花,又称"八月春"。

② 阑干:栏杆。

③ 倩:请。娇慵:娇柔慵懒,指秋海棠花而言。

④ "已分"句:形容秋海棠的绿叶。裙衩(chà 诧),以女子绿色的裙衩比喻海棠叶。

⑤"犹裹"句:形容秋海棠的红花,谓薄绢似的红色花瓣上犹有
雨水。绡(xiāo 消),生丝织的薄绢。

⑥惺忪:刚睡醒时眼睛模糊的样子。

⑦肠欲断:秋海棠又名断肠花,此处一语双关,既指花,也指人。

临江仙

无　题①

　　昨夜个人曾有约②,严城玉漏三更③。一钩新月
几疏星。夜阑犹未寝,人静鼠窥灯。　　原是瞿塘风
间阻④,错教人恨无情。小阑干外寂无声⑤。几回肠
断处,风动护花铃⑥。

注释

① 这首词讲述一对恋人相约而未能相会的故事,宛如一幕
小剧。

② 个人:犹言那人。

③ 严城:戒备森严的城。玉漏:玉制计时器,即漏壶。

④ 瞿塘风:长江三峡有瞿塘峡,水速风疾,中有滟滪礁,行船甚
难,此喻阻隔约会的意外变故。间阻:阻隔。

⑤ 阑干:栏杆。

⑥ 护花铃:参见《朝中措》(蜀弦秦柱不关情)注⑦。

辑评

陈淏曰:情至语还自解,叹妙。(《精选国朝诗余》)

临江仙①

带得些儿前夜雪,冻云一树垂垂②。东风回首不胜悲。叶干丝未尽,未死只颦眉③。　　可忆红泥亭子外④,纤腰舞困因谁⑤?如今寂寞待人归。明年依旧绿,知否系斑骓⑥?

注释

① 这首词咏寒柳。全词亦人亦柳,不即不离,深得咏物之妙。

② 冻云:指柳枝上的积雪。

③ 颦眉:因眉似柳叶,故以喻之。颦(pín 贫),皱眉头。

④ 红泥亭子:即红色的亭。

⑤ 纤腰:喻柳枝。

⑥ 斑骓:青白色的马。

临江仙

寄严荪友①

别后闲情何所寄，初莺早雁相思②。如今憔悴异当时。飘零心事，残月落花知。　　生小不知江上路，分明却到梁溪③。匆匆刚欲话分携④。香消梦冷⑤，窗白一声鸡。

注释

① 本篇是严绳孙离京后词人的寄赠之作，全词表达了对友人的牵念。严荪友：严绳孙(1623—1703)，字荪友，号藕荡渔人。词人之友。善书画，有《秋水词》。

② "初莺"句：意谓春去秋来，无时不在想念友人。初莺，借指暮春之时。早雁，借指秋末之日。

③ "生小"二句：谓自己生来不知江南之路，而梦里却明明到了无锡。梁溪，在无锡，此指代无锡，严荪友的家乡。

④ 分携：分手。

⑤ "香消"句：意谓香烟散尽，从梦中醒来。

辑评

傅庚生曰：仙品、鬼才，何由判耶？试别举他例以明之。温飞卿《商山早行》"鸡声茅店月，人迹板桥霜"云云，吟哦之余，觉有清清洒洒之致，是仙品也。纳兰容若《临江仙》"别后闲情何所寄"云云，寓目之顷，俄有踽踽悸悸之情，是鬼才也。（《中国文学欣赏举隅》）

临江仙

永平道中①

独客单衾谁念我②，晓来凉雨飕飕。缄书欲寄又还休③。个侬憔悴④，禁得更添愁⑤。　　曾记年年三月病⑥，而今病向深秋。卢龙风景白人头⑦。药炉烟里，支枕听河流。

注释

① 本篇作于词人远赴边地之际，表达了对妻子的思念。永平：
　　清直隶府名。

② 独客：独自旅居他乡。

③ 缄（jiān 坚）书：书信。

④ 个侬：犹那人，指闺中妻子。

⑤ 禁得：犹禁不得。

⑥ 三月病：韩偓《春尽日》诗："把酒送春惆怅在，年年三月病恹恹。"

⑦ 卢龙：永平府治所在地。

临江仙①

长记碧纱窗外语，秋风吹送归鸦。片帆从此寄天涯。一灯新睡觉②，思梦月初斜。　　便是欲归归未得，不如燕子还家。春云春水带轻霞。画船人似月③，细雨落杨花。

注释

① 这首词通过对家庭生活的美好回忆和想象，表达了游子的思乡情怀。

② 新：刚。睡觉：睡醒。

③ 画船：装饰华丽的游船。

临江仙

寒　柳①

飞絮飞花何处是②，层冰积雪摧残。疏疏一树五更寒。爱他明月好，憔悴也相关③。　　最是繁丝摇落后④，转教人忆春山⑤。湔裙梦断续应难⑥。西风多少恨，吹不散眉弯。

注释

① 这首词在咏寒柳中寄托了对亡妻的哀思。

② 絮：柳絮，又称杨花。

③ 关：关切，关怀。

④ 摇落：凋谢，零落。

⑤ "转教"句：意谓如眉的柳叶转而使人想起意中人。春山，女子之眉黛，因其色与春日山色相似，故名，此指代女子。

⑥ "溅裙"句：意谓爱人已逝，情缘不再。溅(jiān 坚)裙，溅湿衣裙，这里指情恋之事。李商隐《柳枝五首序》载，洛中歌妓柳枝与商隐之堂弟李让山相约，谓三日后她将"溅裙水上"来会。

辑评

杨希闵曰：托驿柳以寓意，其音凄唳，荡气回肠。(《词轨》)

陈廷焯曰：("爱他"二句)明月无私，令人叹息。("西风"二句)情词兼胜。(《云韶集》) 又曰：容若《饮水词》，才力不足，合者得五代人凄婉之意。余最爱其《临江仙》"寒柳"词云："疏疏一树五更寒，爱他明月好，憔悴也相关。"言中有物，几令人感激涕零。容若词亦以此篇为压卷。(《白雨斋词话》) 又曰：缠绵沉着，似此真可伯仲小山，颉颃永叔。(《词则·大雅集》)

吴梅曰：容若小令，凄婉不可卒读。顾梁汾、陈其年皆低首交称之。究其所诣，洵足追美南唐二主，清初小令之工，无有过于容若者矣。同时有佟世南《东白堂词》，较容若略逊，而意境之深厚，措辞之显豁，亦可与容若相勒。然如《临江仙》"寒柳"、《天仙子》"渌水亭秋夜"、《酒泉子》"荼蘼谢后作"，非容若不能作也。（《词学通论》）

　　吴世昌曰：亦峰以容若为"才力不足"，可见有眼无珠。（《词林新话》）

沁园春①

　　试望阴山②，黯然销魂，无言徘徊。见青峰几簇，去天才尺③；黄沙一片，匝地无埃④。碎叶城荒⑤，拂云堆远⑥，雕外寒烟惨不开。踟蹰久⑦，忽冰崖转石，万壑惊雷⑧。　　穷边自足秋怀⑨，又何必、平生多恨哉。只凄凉绝塞⑩，蛾眉遗冢⑪；销沉腐草，骏骨空台⑫。北转河流，南横斗柄⑬，略点微霜鬓早衰。君不信，向西风回首，百事堪哀。

注释

① 这首词以苍老遒劲的笔调描绘了阴山的雄奇风光，境界宏大
　　开阔。

144

《沁园春》（试望阴山）

② 阴山:今河套以北、大漠以南诸山的统称。

③ "去天"句:谓距离天际仅一尺之隔。李白《蜀道难》:"连峰去天不盈尺。"

④ 匝地:遍地。

⑤ 碎叶城:唐代边防重镇,在今吉尔吉斯共和国托克马克附近。

⑥ 拂云堆:唐代边城,在今内蒙古五原县。

⑦ 踟蹰(chí chú 迟除):来回走动。

⑧ "忽冰崖"二句:意谓忽然间水击岩石使其转动,在无数山谷中回荡着惊雷似的巨响。李白《蜀道难》:"飞湍瀑流争喧豗,砯崖转石万壑雷。"

⑨ 穷边:荒远的边地。秋怀:愁怀。

⑩ 绝塞:极远的边塞。

⑪ 蛾眉遗冢:指王昭君墓,在今内蒙古呼和浩特市南郊。杜牧《青冢》诗:"青冢前头陇水流,燕支山下暮云秋。蛾眉一坠穷泉路,夜夜孤魂月下愁。"

⑫ 骏骨:据《战国策·燕策》载,燕昭王姬平欲求贤,郭隗以买马为喻以明昭王,说:因为良马难求,所以有人先以重金买了良马的骨头,而终于在一年内得到了三匹千里马。空台:又称幽州台、蓟北楼、蓟丘、燕台、黄金台,遗址在北京市郊。相传燕昭王为求贤,于燕都蓟城筑台,置黄金于上,延请天下贤士,终于得到了乐毅等人而富国强兵。

⑬ "北转"二句:谓河水依旧北流,北斗星的斗柄依旧横斜向南。斗柄,北斗七星状似古代舀酒的斗形,其中四星组成斗身,玉衡、开阳、摇光三星组成斗柄。

沁园春

丁巳重阳前三日,梦亡妇澹妆素服,执手哽咽,语多不复能记。但临别有云:"衔恨愿为天上月,年年犹得向郎圆。"妇素未工诗,不知何以得此也。觉后感赋长调。①

瞬息浮生,薄命如斯,低徊怎忘。自那番摧折②,无衫不泪;几年恩爱,有梦何妨③。最苦啼鹃④,频催别鹄⑤,赢得更阑哭一场⑥。遗容在,只灵飚一转⑦,未许端详。　　重寻碧落茫茫⑧,料短发、朝来定有霜。信人间天上,尘缘未断⑨;春花秋月,触绪堪伤。欲结绸缪⑩,翻惊漂泊⑪,两处鸳鸯各自凉。真无奈,把声声檐雨,谱入愁乡。

注释

① 这首词作于妻子卢氏去世后不久,词人将一腔哀怨倾注词中,凄绝悱恻,令人不忍卒读。丁巳:康熙十六年(1677),卢氏卒于是年五月三十日。

② 那番摧折:指妻子的亡故。

③ 有梦何妨:即何妨有梦。

④ 最苦啼鹃:即鹃啼最苦,杜鹃的啼声最是凄苦。

⑤ 别鹄:喻离别的夫妇。鹄(hú 胡):天鹅。

⑥ 赢得:获得。更阑:更深夜尽。

⑦ "只灵"句:谓梦中人随风而逝。灵飚(biāo 标),灵风,阴风。

⑧ "重寻"句:意谓梦醒之后,爱妻音容俱逝,天地茫茫,无处可寻。碧落,青天。

⑨ "信人间"二句:参见《鹊桥仙》(乞巧楼空)注⑤。

⑩ 绸缪(móu 谋):指夫妻间的恩情。

⑪ 翻:反。

摊破浣溪沙①

　　林下荒苔道韫家②,生怜玉骨委尘沙③。愁向风前无处说,数归鸦④。　　半世浮萍随逝水,一宵冷雨葬名花⑤。魂是柳绵吹欲碎,绕天涯⑥。

注释

① 这首词以东晋才女谢道韫的香消玉殒暗喻妻子的亡故,于凄清的物象中蕴含绵绵哀思。

② 道韫:谢道韫,东晋才女,谢安侄女,王凝之之妻,暗喻亡妻卢氏。

148

③ 生怜:甚怜,深怜。

④ 数归鸦:辛弃疾《玉蝴蝶》词:"暮云多,佳人何处? 数尽归鸦。"

⑤ 名花:既写眼前景,又关合谢道韫与亡妻。

⑥ "魂是"二句:顾敻《虞美人》词:"玉郎还是不还家,教人魂梦逐杨花,绕天涯。"柳绵,柳絮,又称杨花。

摊破浣溪沙①

　　小立红桥柳半垂②,越罗裙飏缕金衣③。采得石榴双叶子,欲赠谁?　　便是有情当落日,只应无伴送斜晖④。寄语东风休着力⑤,不禁吹⑥。

注释

① 这首词描写一位女子的春日情思,字里行间充溢着淡淡的忧伤。

② 红桥:红色栏杆的桥。

③ 越罗:越地所产的丝绸。飏(yáng 杨):飘扬。缕金衣:即金缕衣,绣有金丝的衣衫。

④ "便是"二句:谓纵使面对落日而生情,却无人伴我目送夕阳。

⑤ 寄语:谓传语。

⑥ 不禁吹：禁不住风吹。

摊破浣溪沙①

欲语心情梦已阑②，镜中依约见春山③。方悔从前真草草④，等闲看⑤。　　环珮只应归月下⑥，钿钗何意寄人间⑦。多少滴残红蜡泪⑧，几时干？

注释

① 这是一首悼亡词。

② 阑：犹尽。

③ 春山：女子之眉黛，因其色与春日山色相似，故名，此指代亡妻。

④ 草草：草率。

⑤ 等闲：随便，轻易。

⑥ "环珮"句：意谓亡妻之魂只在月夜归来。杜甫《咏怀古迹五首》其三："画图省识春风面，环珮空归夜月魂。"

⑦ "钿钗"句：谓亡妻遗留下的钿钗有什么意义呢？参见《鹊桥仙》(乞巧楼空)注⑤。

⑧ 残：尽，完。

清衫湿

悼 亡①

近来无限伤心事，谁与话长更②？从教分付③，绿窗红泪④，早雁初莺⑤。 当时领略，而今断送，总负多情。勿疑君到⑥，漆灯风飐⑦，痴数春星。

注释

① 这首悼亡之作描述了词人孤苦凄凉的心境。

② 长更：长夜。

③ "从教"句：意谓一切都听任安排。

④ 红泪：指生离死别的眼泪。王嘉《拾遗记》："魏文帝所爱美人，姓薛名灵芸，常山人也。……灵芸闻别父母，歔欷累日，泪下沾衣。至升车就路之时，以玉唾壶承泪，壶即红色。既发常山，及至京师，壶中泪凝如血矣。"

⑤ "早雁"句：意谓春去秋来，无时无刻。早雁，借指秋末之日。初莺，借指暮春之时。

⑥ 君：指亡妻。

⑦ 漆灯：用漆做燃料的灯，一般用于逝者灵前或冢中。飐(zhǎn 展)：风吹物摇动貌。

水龙吟

再送荪友南还①

人生南北真如梦，但卧金山高处②。白波东逝，鸟啼花落，任他日暮。别酒盈觞，一声将息③，送君归去。便烟波万顷，半帆残月，几回首，相思否。

可忆柴门深闭。玉绳低④、剪灯夜语⑤。浮生如此，别多会少，不如莫遇。愁对西轩⑥，荔墙叶暗⑦，黄昏风雨。更那堪几处，金戈铁马⑧，把凄凉助。

注释

① 这是一首送别之作,词中真挚的情谊与山水景物相互交融,结处又合以国家大事,境界颇大。荪友:即严绳孙(1623—1703),字荪友,号藕荡渔人。词人之友。善书画,有《秋水词》。再送:词人前已作有《送荪友》和《暮春别严四荪友》二诗,故曰再送。

② "但卧"句:指归隐。《晋书·谢安传》:"累违朝旨,高卧东山。"金山,在镇江,此指严荪友的家乡。

③ 将息:保重,珍重。

④ 玉绳低:谓夜已深。玉绳,星名,在北斗斗柄三星北。

⑤ 剪灯:剪去灯芯的余烬。

⑥ 西轩:词人家中之轩。

⑦ 荔墙:长有薜荔的墙。荔,薜荔,又称木莲,藤蔓植物。

⑧ 金戈铁马:指当时与俄国在黑龙江上游雅克萨城的战事。

辑评

陈淏曰:是再送之意,说得旷达。(《精选国朝诗余》)

苏幕遮①

枕函香,花径漏②。依约相逢③,絮语黄昏后。时节薄寒人病酒④,划地梨花⑤,彻夜东风瘦。掩银屏,垂翠袖。何处吹箫,脉脉情微逗⑥。肠断月明红豆蔻⑦,月似当时,人似当时否?

注释

① 这是一首怀人之作。

②"枕函"二句:谓枕上仍有余香,花径里传来漏壶之声。

③ 依约:隐约,仿佛。

④ 病酒:饮酒沉醉如病。

⑤ 划(chǎn 产)地:无故,突然。

⑥ 逗:触动,引起。

⑦ 豆蔻:多年生长绿草本植物,诗词中常喻少女。

辑评

张渊懿曰:柔情婉转,无限风姿。(《清平初选后集》)

于中好①

独背斜阳上小楼,谁家玉笛韵偏幽?一行白雁遥天暮,几点黄花满地秋。　　惊节序,叹沉浮②,秾华如梦水东流③。人间所事堪惆怅④,莫向横塘问旧游⑤。

注释

① 这是一首悲秋之作。秋日的黄昏登楼远眺,黄花白雁、笛声呜咽的景象使词人产生了时序惊人、美人迟暮的感受。

② "惊节序"二句:谓感叹时间的流逝与人世的沉浮。节序,节令的顺序。

③ 秾华:繁盛的花,指女子的青春容貌。

④ 所事:犹事事。

⑤ 横塘:古堤名。一在今南京,一在今江苏吴县西南,诗词中多与情事相关,不一定实指其地。

于中好①

　　小构园林寂不哗②，疏篱曲径仿山家③。昼长吟罢《风流子》④，忽听楸枰响碧纱⑤。　　　添竹石，伴烟霞⑥，拟凭尊酒慰年华⑦。休嗟髀里今生肉⑧，努力春来自种花。

注释

① 这首词通过对田园生活的描写,反映了词人淡泊名利、恬然自适的出世情怀。

② 小构园林:谓园林的规模不大。

③ 山家:山野人家。

④ 风流子:词牌名。

⑤ 楸枰(qiū píng 秋平):棋盘,古时多用楸木制成。碧纱:指绿色纱窗。

⑥ 烟霞:山水间的云雾,泛指山水胜景。

⑦ 尊:通樽,盛酒器。

⑧ "休嗟"句:意谓不用感叹年华流逝,功业不成。《三国志·蜀先主传》裴注引《九州春秋》:"(刘)备住荆州数年,尝于(刘)表坐起至厕,见髀里肉生,慨然涕流。还坐,表怪问备,备曰:吾常身不离鞍,髀肉皆消。今不复骑,髀里肉生。日月若驰,老将至矣,而功业不建,是以悲耳。"髀(bì 必),大腿。

155

于中好①

别绪如丝睡不成②,那堪孤枕梦边城③。因听紫塞三更雨④,却忆红楼半夜灯⑤。 书郑重,恨分明⑥,天将愁味酿多情。起来呵手封题处,偏到鸳鸯两字冰⑦。

注释

① 这首词描写词人在行役途中对妻子的思念。

② 别绪:离别的愁绪。

③ 梦边城:谓在边城做梦。

④ 紫塞:泛指边塞。崔豹《古今注·都邑》:"秦筑长城,土色皆紫,汉塞亦然,故称紫塞焉。"

⑤ 红楼:闺楼,此指家中楼阁。

⑥ "书郑重"二句:谓给家中妻子写信。

⑦ "起来"二句:谓起来呵气暖手以签押,却看见"鸳鸯"二字上的泪水已结冰。呵手,呵气以暖手。封题,在书信封口签押。

于中好①

雁帖寒云次第飞②,向南犹自怨归迟。谁能瘦马关山道，又到西风扑鬓时。　　人杳杳③，思依依④，更无芳树有乌啼。凭将扫黛窗前月⑤，持向今宵照别离。

注释

① 这首词抒写行役途中的思乡之情。

② 帖:靠近。次第:依次。

③ 杳(yǎo 咬)杳:遥远貌。

④ 依依:恋恋不舍。

⑤ 凭:任,随。扫黛窗前月:谓女子居室窗外之月。扫黛,画眉。

于中好

离　恨①

背立盈盈故作羞②，手挼梅蕊打肩头③。欲将离恨寻郎说，待得郎来恨却休。　　云澹澹④，水悠悠⑤，一声横笛锁空楼⑥。何时共泛春溪月，断岸垂杨一叶舟⑦。

157

注释

① 这是一首闺怨词。

② 盈盈：美好貌，多指女子仪态风姿。

③ 挼(ruó)：揉搓。

④ 澹(dàn 但)澹：恬静貌。

⑤ 悠悠：安闲静止貌。

⑥ "一声"句：谓笛声在空寂的楼阁中萦绕不歇。

⑦ 断岸：江岸断绝处。

辑评

陈溟曰：尽饶别趣。(《精选国朝诗余》)

于中好

十月初四夜风雨，其明日是亡妇生辰①

尘满疏帘素带飘②，真成暗度可怜宵③。几回偷拭青衫泪，忽傍犀奁见翠翘④。　　惟有恨，转无聊，五更依旧落花朝⑤。衰杨叶尽丝难尽⑥，冷雨凄风打画桥。

① 这是一首悼亡词。亡妻的遗物以及落花、衰杨、冷雨、西风等凄清衰飒的景物,让难以描述的悲情具象化了。

② 疏帘:编制稀疏的竹制窗帘。

③ 真成:真诚。

④ "忽傍"句:谓突然看见亡妻的遗物。犀奁,犀牛角装饰的镜匣。奁(lián 连),古代妇女梳妆用的镜匣。翠翘,女子头饰,似翠鸟尾部的长羽。

⑤ 落花朝:落花的早晨。

⑥ 丝:与"思"谐音,一语双关。

南乡子

捣 衣①

鸳瓦已新霜②,欲寄寒衣转自伤。见说征夫容易瘦,端相③,梦里回时仔细量④。　　支枕怯空房⑤,且拭清砧就月光⑥。已是深秋兼独夜,凄凉,月到西南更断肠。

注释

① 旧时从军需自备衣物,故每至深秋,家人需裁制寒衣相寄。

《南乡子》（鸳瓦已新霜）

捣衣是制衣前的必要工序。后世遂将"捣衣"视为妇人思夫的一种象征。捣衣：古代制衣的布料多为丝麻，不便裁剪，裁制前须漂浆，捣之使挺括。秋暮为制寒衣，家家皆捣衣，因而有"长安一片月，万户捣衣声"的情景。

② 鸳瓦：参见《菩萨蛮》(春云吹散湘帘雨)注⑥。

③ 端相：即端详，仔细看。

④ "梦里"句：谓待梦中见到丈夫时仔细为他量体制衣。

⑤ 支枕：支起枕头。

⑥ "且拭"句：谓擦拭石砧到月光下去为丈夫捣衣。清砧，石砧之美称，捣衣之具，形如棋枰。就，接近，走进。

南乡子①

何处淬吴钩②，一片城荒枕碧流③。曾是当年龙战地④，飕飕⑤，塞草霜风满地秋。　　霸业等闲休⑥，跃马横戈总白头。莫把韶华轻换了⑦，封侯，多少英雄只废丘。

注释

① 这首词于怀古之中发出了兴衰难料、人间如梦的感喟。

② "何处"句:谓淬吴钩者现在何处? 淬吴钩,有希望建功立业之意。淬(cuì 翠),金属器件铸造的一道工序,把铸件烧红,即浸水中,使之坚硬。吴钩,兵器名,似剑而刃曲,后也泛指宝剑利刃。

③ "一片"句:李珣《巫山一段云》词:"古庙依青嶂,行宫枕碧流。"枕,靠,贴。

④ 龙战地:战场。龙战,《周易·坤》:"龙战于野,其血玄黄。"后喻群雄间的争战。

⑤ 飕飕:风声。

⑥ 等闲休:平白地、无缘无故地没有了。

⑦ 韶(sháo 芍)华:美好的年华。

南乡子

为亡妇题照①

泪咽却无声②,只向从前悔薄情。凭杖丹青重省识③,盈盈,一片伤心画不成④。   别语忒分明⑤,午夜鹣鹣梦早醒⑥。卿自早醒侬自梦⑦,更更⑧,泣尽风檐夜雨铃⑨。

注释

① 这首悼亡词抒发了词人在面对亡妻遗像时的无尽悲痛。题照：指在亡妇灵前的画像上题词。

② 泪咽：流泪抽噎。

③ 凭杖：倚着拐杖。丹青：指亡妇画像。省（xǐng 醒）识：等于说辨认。

④ "盈盈"二句：谓泪水模糊而看不清画像。盈盈，泪水盈眶貌。高蟾《金陵晚望》诗："世间无限丹青手，一片伤心画不成。"

⑤ "别语"句：临终时的话语记得太清晰了。忒（tuī 推），太、特。

⑥ 鹣鹣（jiān 坚）：比翼鸟。

⑦ "卿自"句：意谓你过早亡故，我却独存世间。卿：指妻子。早醒：喻早亡。侬：我，作者自指。梦：尘世之梦，喻生存在世。

⑧ 更更：一更又一更，意谓夜夜煎熬。

⑨ "泣尽"句：用唐明皇闻夜雨淋铃而悼念杨贵妃之事。据郑处诲《明皇杂录补遗》载，安史之乱时，唐明皇在逃往四川的途中，听见雨中的铃声，有感而作乐曲《雨霖铃》，以表对杨贵妃的哀思。白居易《长恨歌》："行宫见月伤心色，夜雨闻铃肠断声。"

南乡子①

飞絮晚悠飏，斜日波纹映画梁②。刺绣女儿楼上

立，柔肠，爱看晴丝百尺长③。　　风定却闻香，吹
落残红在绣床④。休堕玉钗惊比翼⑤，双双，共唼蘋
花绿满塘⑥。

注释

① 这首词以成双成对的比翼鸟衬托出女子的孤独寂寞。
② "飞絮"二句：谓傍晚时分，柳絮飞扬，落日照在池塘上，波影
　　映照着画梁。画梁，有彩绘的屋梁。
③ 晴丝百尺长：李商隐《日日》诗："几时心绪浑无事，得及游丝
　　百尺长。"晴丝，即游丝，飘荡的蛛丝。
④ 残红：败落的花瓣。绣床：绣架。
⑤ 比翼：指鸳鸯。
⑥ 唼(shà 厦)：水鸟吃食的动作。

南乡子

秋莫村居①

红叶满寒溪，一路空山万木齐。试上小楼极目
望，高低，一片烟笼十里陂②。　　吠犬杂鸣鸡，灯
火荧荧归路迷。乍逐横山时近远，东西③，家在寒林

独掩扉④。

注释

① 这首词以轻灵的笔调描绘了秋日暮色中的乡村风光。莫:同
"暮"。

② 烟:烟云。陂(bēi 悲):池塘,湖泊。

③ "乍逐"二句:谓沿曲折的山径而行,眼前的山岭忽远忽近,时
东时西。

④ 扉:门。

辑评

陈溟曰:单道村居佳致。(《精选国朝诗余》)

南乡子①

烟暖雨初收,落尽繁花小院幽②。摘得一双红豆
子③,低头,说着分携泪暗流④。　　人去似春休,
卮酒曾将酹石尤⑤。别自有人桃叶渡,扁舟,一种烟
波各自愁⑥。

注释

① 这首词为送别侍妾沈宛而作。暮春的景致与红豆子、桃叶渡等深具象征意味的物象无不暗示着词人的惜别之情。

② "烟暖"二句:点出时令为暮春。

③ 红豆子:即红豆,相思木所结子,色鲜红或半红半黑,古代常用以喻爱情或相思。

④ 分携:离别。

⑤ "卮酒"句:意谓自己已经洒酒祭奠石尤风,望其能阻止情人乘舟离去。卮(zhī 知),盛酒的器具。酹(lèi 累),洒酒于地表祭奠。石尤,石尤风,逆风。

⑥ "别自"三句:意谓与你分别后,还有人会在此乘舟别离,同样的分别场景,但各人皆有不同的离愁。桃叶渡,王献之有爱妾名桃叶,献之曾送其至秦淮渡口,后因名其地为桃叶渡。后以此指代情人分别之地。烟波,雾霭苍茫的水面。

虞美人①

　　峰高独石当头起,影落双溪水②。马嘶人语各西东,行到断崖无路小桥通。　　朔鸿过尽归期杳③,人向征鞍老。又将丝泪湿斜阳④,回首十三陵树暮云黄⑤。

注释

① 这首词抒写词人的羁旅行役之感。

② 双溪:以双溪为名的溪流很多,此指北京昌平境内的一条
小溪。

③ 朔鸿:北雁。

④ 丝泪:泪如雨丝。

⑤ 十三陵:明皇陵,在北京昌平天寿山,葬明代成祖到思宗十三
个皇帝。

虞美人①

曲阑深处重相见,匀泪偎人颤②。凄凉别后两应
同,最是不胜清怨月明中。 半生已分孤眠过③,
山枕檀痕涴④。忆来何事最销魂,第一折枝花样画
罗裙⑤。

注释

① 这首词以白描的手法展现情人重聚时的情景。

② "匀泪"句:在情人怀中颤抖着拭泪。李煜《菩萨蛮》词:"画堂
　　南畔见,一晌偎人颤。"

③ 分:料想。

④ 山枕:两端凸起中间低的山形枕头。檀痕:指脂粉痕迹。浣
　　(wò 卧):染上。

⑤ "忆来"二句:谓最令人销魂的首推那件绘有折枝花样的罗
　　裙。折枝,中国花卉画画法之一,即不画全株,只画连枝折下
　　的部分。

虞美人①

　　银床淅沥青梧老②,屧粉秋蛩扫③。采香行处蹙
连钱④,拾得翠翘何恨不能言⑤。　　　回廊一寸相思
地,落月成孤倚。背灯和月就花阴⑥,已是十年踪迹
十年心。

注释

① 这首词表达对昔日爱人经久不变的深情。

② 银床:即井栏,或指辘轳架。

③ "屧粉"句:谓爱人的踪迹已消失在一片蟋蟀声中。屧粉,指

168

人的踪迹。屧(xiè谢),鞋的衬底。蛩(qióng穷),蟋蟀。

④ "采香"句:谓爱人旧日经行处已杂草丛生。连钱,草名,叶如铜钱,茎细而劲,蔓生溪涧侧。

⑤ 拾得翠翘:温庭筠《经旧游》诗:"坏墙经雨苍苔遍,拾得当时旧翠翘。"翠翘,女子头饰,似翠鸟尾部的长羽。

⑥ 就:走近,接近。

虞美人①

春情只到梨花薄②,片片催零落。斜阳何事近黄昏,不道人间犹有未招魂③。　　银笺别记当时句④,密绾同心苣⑤。为伊判作梦中人⑥,索向画图影里唤真真⑦。

注释

① 此词抒写词人对亡妻的哀悼。

② 梨花薄:谓梨花零落而稀疏。

③ 不道:犹不管,不顾。未招魂:尚未被招回的魂。魂,指亡妻之魂。

④ 银笺(jiān坚):白色笺纸的美称。

⑤ 绾(wǎn 晚)：系，结。同心苣：同心结，一种连环的花纹，表恩
爱之意。

⑥ 判作：甘愿做。

⑦ 真真：泛指女子，此处指亡妻。

满庭芳①

堠雪翻鸦②，河冰跃马，惊风吹度龙堆③。阴磷夜泣④，此景总堪悲。待向中宵起舞⑤，无人处、那有村鸡。只应是，金笳暗拍，一样泪沾衣⑥。　　须知今古事，棋枰胜负，翻覆如斯⑦。叹纷纷蛮触⑧，回首成非。剩得几行青史⑨，斜阳下、断碣残碑⑩。年华共、混同江水⑪，流去几时回。

注释

① 满人入关前分为三大部族，各部间常有征战。纳兰氏属于海西女真的叶赫部，词人的高祖金台什就因部族战争而死。这首怀古之作暗含对祖先的悼念。

② 堠(hòu 后)：瞭望敌情的土堡、哨所。

③ 龙堆：即白龙堆，汉时西域地名，此泛指边地。

④ "阴磷"句:谓鬼哭。阴磷,阴森的磷火,俗称鬼火。

⑤ "待向"句:谓准备在夜半起舞,这里有报效祖国的意思。《晋书·祖逖传》中有祖逖闻鸡起舞的故事。

⑥ "金笳"二句:谓无论是笳声或水声同样催人泪下。金笳,铜制的胡笳。暗拍,黑夜中河水的拍击声。

⑦ "须知"三句:谓古今世事成败,反复无常,有如棋局之胜负。棋枰(píng 平),棋盘,此指棋局。翻覆,反复。

⑧ 蛮触:《庄子·则阳》:"有国于蜗之左角者,曰触氏;有国于蜗之右角者,曰蛮氏。时相与争地而战,伏尸百万。"后称为了虚微小利而产生的无谓争端为蛮触之争。

⑨ 青史:古以竹简纪事,故称史籍为青史。

⑩ "断碣"句:即残断的碑碣。碣(jié 节),顶端圆形的碑。

⑪ 混同江:即松花江。

浪淘沙①

紫玉拨寒灰,心字全非②。疏帘犹是隔年垂③。半卷夕阳红雨入④,燕子来时。　　回首碧云西,多少心期⑤。短长亭外短长堤⑥。百尺游丝千里梦⑦,无限凄迷。

注释

① 这是一首闺怨之作。

② "紫玉"二句:谓用紫玉钗去拨香灰,那心字形的香灰已不成
模样。紫玉,紫玉钗。心字,一种心字形的香。

③ 疏帘:编制稀疏的竹制窗帘。

④ 红雨:喻落花。

⑤ 心期:心愿,期望。

⑥ 短长亭:古时驿道旁供人休息之亭,十里一长亭,五里一短亭。

⑦ 游丝:飘荡的蛛丝。

浪淘沙

望　海①

蜃阙半模糊,蹴浪惊呼②。任将蠡测笑江湖③。
沐日光华还浴月,我欲乘桴④。　　钓得六鳌无,竿
拂珊瑚。桑田清浅问麻姑⑤。水气浮天天接水,那是
蓬壶⑥。

注释

① 此词以豪放浪漫的笔调表达了自己初见大海时的惊喜之情。

② "蜃阙"二句:谓远望大海,茫茫如幻境,近前踏浪,兴奋惊呼。蜃(shèn 慎)阙,海市蜃楼。

③ "任将"句:意谓如果随便用瓢去测量海水的话,就会成为可笑的浅薄之徒。蠡(lí 离)测,用瓢去测量海。《汉书·东方朔传》:"语曰:以莞窥天,以蠡测海。"笑江湖,受人嘲笑的浅薄之徒。江湖,此喻自大的浅薄之徒。《庄子·秋水》载,秋天的潮水汇入大河,河水暴涨,水面宽广,河神感到洋洋自得,等河水流入大海,河神看到大海的无垠,才认识到自己的渺小,于是十分惭愧。

④ "我欲"句:谓我想乘小筏子漂浮于大海,这里有归隐之意。《论语·公冶长》:"道不行,乘桴浮于海。"桴(fú 服),小筏子。

⑤ "钓得"三句:乃对海边浪漫生活的想象,谓在海中钓大鳌,钓竿碰到了珊瑚,向仙女询问沧海桑田的故事。钓得六鳌无,据《列子·汤问》载,海里有十五只巨鳌支撑着海上的五座仙山,后来有一个龙伯国的巨人,一杆就钓起了六只巨鳌。桑田清浅问麻姑,据葛洪《神仙传》载,麻姑(女仙名)曾三次看见沧海化为桑田。

⑥ 蓬壶:海上仙山。董斯张《广博物志》:"三壶则海中三山也。一曰方壶,则方丈也;二曰蓬壶,则蓬莱也;三曰瀛壶,则瀛洲也。形如壶器。"

浪淘沙①

　　夜雨做成秋，恰上心头②。教他珍重护风流③。端的为谁添病也，更为谁羞④。　　密意未曾休，密愿难酬⑤。珠帘四卷月当楼⑥。暗忆欢期真似梦⑦，梦也须留。

注释

① 这首词描写闺中女子对情人的思念。

② "夜雨"二句："秋"上"心"头，为"愁"字。吴文英《唐多令》词："何处合成愁，离人心上秋。"

③ 风流：指动人的风韵。

④ "端的"二句：谓究竟为谁得病，为谁害羞。元稹《莺莺传》："不为旁人羞不起，为郎憔悴却羞郎。"

⑤ "密意"二句：意谓亲密之情没有消除，心底的愿望未能实现。

⑥ 珠帘四卷：谓楼阁四面的珠帘都卷起了。

⑦ 欢期：佳期。

浪淘沙①

　　红影湿幽窗②，瘦尽春光③。雨余花外却斜

《浪淘沙》（红影湿幽窗）

阳④。谁见薄衫低髻子⑤，抱膝思量。　　莫道不凄凉，早近持觞⑥。暗思何事断人肠。曾是向他春梦里，瞥遇回廊⑦。

注释

① 这首词为怀念侍妾沈宛而作。

② "红影"句:谓雨后阳光照在窗上。

③ "瘦尽"句:谓春天将尽。

④ "雨余"句:谓雨后又见阳光。

⑤ 谁见:意谓不见。髻子:发髻。

⑥ "早近"句:意谓早到了侍奉主人饮酒的时候了,从中可见词人爱恋女子的身份。觞(shāng 伤),酒杯。

⑦ "曾是"二句:谓曾在春梦里于回廊上看见他。

辑评

陈廷焯曰:容若词不减飞涛(丁澎),然一则精丽中有飞舞之致,一则纤绵中得凄婉之神,笔路又各别。(《云韶集》)

浪淘沙①

眉谱待全删,别画秋山②。朝云渐入有无间③。

莫笑生涯浑似梦④，好梦原难。　　红咮啄花残⑤，独自凭阑。月斜风起袷衣单⑥。消受春风都一例，若个偏寒⑦。

注释

① 这是一首闺怨词。

② "眉谱"二句：谓不按眉谱式样为情人画眉，而另创新样。眉谱，女子画眉毛的图样。秋山，秋天的远山，喻女子眉毛。

③ "朝云"句：意谓心上人不可企及。朝云，早晨之云，此指心上人，参见《江城子》(湿云全压数峰低)注④。有无间：似有似无。

④ "莫笑"句：李商隐《无题》诗："神女生涯原是梦，小姑居处本无郎。"

⑤ 咮(zhòu昼)：鸟嘴。

⑥ 袷(jiá颊)：即夹衣，双层的衣服。

⑦ "消受"二句：意谓两个情人都同样经受春风，哪个更觉寒冷呢? 若个，犹哪个。

辑评

陈廷焯曰:("莫笑"二句)妙在婉雅。("消受"二句)凄婉不减古人。(《云韶集》)

浪淘沙①

双燕又飞还，好景阑珊②。东风那惜小眉弯③。芳草绿波吹不尽，只隔遥山。　　花雨忆前番④，粉泪偷弹⑤。倚楼谁与话春闲。数到今朝三月二⑥，梦见犹难。

注释

① 这首词抒写闺中女子的伤春怀远之情。对这位女子来说，回忆旧日的欢愉只能是愈添伤感而已。

② 阑珊：衰落，将尽。

③ "东风"句：谓东风并不怜惜伤春的女子。小眉弯，伤春而皱眉。

④ 花雨：落花如雨。

⑤ 粉泪：女子眼泪的美称。

⑥ 三月二：农历三月二日或三日为上巳，旧有水边宴饮、郊外游春之俗。

浪淘沙①

清镜上朝云，宿篆犹熏②。一春双袂尽啼痕③。

178

那更夜来山枕侧④，又梦归人。　　花底病中身⑤，懒约湔裙⑥。待寻闲事度佳辰。绣榻重开添几线⑦，旧谱翻新⑧。

注释

① 这是一首闺怨词。

② "清镜"二句：谓早晨的云映入明镜，昨夜的篆香尚未燃尽。宿，隔夜。

③ 袂（mèi妹）：衣袖。

④ 那更：犹更，加之。

⑤ 病中（zhòng众）身：犹言生病了。

⑥ 湔裙：暗喻情恋之事。古俗正月元日至月底，士女酹酒洗衣于水滨，祓除不祥。参见《临江仙》(飞絮飞花何处是)注⑥。

⑦ 榻：套子，此指装针线的布套。添几线：谓做些针线活儿。

⑧ 谱：画谱。此指刺绣图样。

凤凰台上忆吹箫

守　岁①

锦瑟何年②，香屏此夕③，东风吹送相思。记巡檐笑罢，共撚梅枝。还向烛花影里，催教看、燕蜡鸡丝④。如今但、一编消夜⑤，冷暖谁知。　　当时。欢娱见惯，道岁岁琼筵⑥，玉漏如斯⑦。怅难寻旧约，枉费新词。次第朱幡剪彩，冠儿侧、斗转蛾儿⑧。重验取、卢郎青鬓，未觉春迟⑨。

注释

① 这首词抒写词人在除夕守岁之际对亡妻的追念之情，全词以乐景写悲，愈显感情的凄凉。守岁：除夕家人团聚、通宵达旦的一种习俗。

② "锦瑟"句：意谓已记不清过去的美好时光是在哪一年。李商隐《锦瑟》诗："锦瑟无端五十弦，一弦一柱思华年。"锦瑟，瑟的美称。此喻青春年华。

③ 香屏：屏风的美称。

④ "记巡"四句：乃回忆当初的恩爱场景。巡檐，往来于屋檐下。杜甫《舍弟观赴蓝田取妻子到江陵喜寄》其二："巡檐索共梅花笑，冷蕊疏枝半不禁。"撚(niǎn 碾)，同捻，用手指搓转。燕蜡鸡丝，旧时正月元日所做的食品。明瞿佑《四时宜忌·正月事宜》："洛阳人家，正月元日造丝鸡、蜡燕、粉荔枝。"此处为协韵而用为"燕蜡"、"鸡丝"。

⑤ 一编消夜：谓看书以消磨长夜。编，犹卷，指书。

⑥ 琼筵(yán 研)：盛宴。

⑦ 玉漏：玉制计时器，即漏壶。秦观《南歌子》词："玉漏迢迢尽，银潢淡淡横。"

⑧ "次第"二句：意谓转眼之间就要到立春和元宵了，富贵人家已挂起彩旗，人们高兴地戴上了应时的饰物。次第，接着，转眼。朱幡，即春幡，旧时立春日妇女做的小旗，或簪家人之头，或缀花枝之下。剪彩，裁剪彩帛或彩纸。《荆楚岁时记》："立春之日，悉剪彩为燕戴之。"斗转，犹旋转。蛾儿，女子于元宵节前后戴在头上的应时饰物。

⑨ "重验"二句：意谓再来看看我如今尚未老去，青春仍在。验取，检验。卢郎：钱易《南部新书》："卢家有子弟，年已暮，娶崔氏女。崔有词翰，成诗曰：'自恨妾身生较晚，不见卢郎年少时。'"

渔　父①

收却纶竿落照红②，秋风宁为剪芙蓉③。人淡淡，水蒙蒙，吹入芦花短笛中④。

注释

① 据唐圭璋考证，此词系题于徐虹亭的《枫江渔父图》上。唐圭

璋赞此词"可与张志和《渔歌子》并传不朽"(《词学论丛·成
容若〈渔歌子〉》)。

② 纶竿:钓竿。落照:即夕阳。

③ 宁:犹乃。芙蓉:荷花。剪:作吹动解。

④ "吹入"句:谓悠扬的短笛声飘入芦花丛中。

东风第一枝

桃 花①

薄劣东风②,凄其夜雨③,晓来依旧庭院。多情
前度崔郎,应叹去年人面④。湘帘乍卷⑤,早迷了、
画梁栖燕⑥。最娇人、清晓莺啼,飞去一枝犹颤。

背山郭、黄昏开遍。想孤影、夕阳一片。是谁移向
亭皋⑦,伴取晕眉青眼⑧。五更风雨,莫减却、春光
一线。傍荔墙⑨、牵惹游丝⑩,昨夜绛楼难辨⑪。

注释

① 这首咏桃花词将桃花刻画得惟妙惟肖,可谓曲尽桃花妙处。

② 薄劣:犹薄情。

③ 凄其:寒冷。

④ "多情"二句:用崔护"人面桃花"故事。孟棨《本事诗》载,崔护郊游,至村居求饮,有女给之,含情依桃伫立。明年是日再访,则人去室空。护题诗于门,云:"去年今日此门中,人面桃花相映红。人面不知何处去,桃花依旧笑春风。"

⑤ 湘帘:用湘妃竹编制的帘子。

⑥ 画梁:有彩绘的屋梁。

⑦ 亭皋(gāo 高):水边平地。

⑧ 晕眉:隐约的淡眉,此指柳叶,因柳叶形似人眉。青眼:柳眼,即初生的柳叶,细长如眼。赵孟頫《早春》诗:"草芽随意绿,柳眼向人青。"

⑨ 荔墙:长有薜荔的墙。

⑩ 游丝:飘荡的蛛丝。

⑪ "昨夜"句:意谓昨夜红色的桃花和红色的楼台连成一片,难以分辨。绛,红色。

辑评

陈淏曰:咏梅名作极多,题桃花此为杰构。(《精选国朝诗余》)

红窗月①

梦阑酒醒②,早因循过了清明③。是一般心事,两样愁情。犹记回廊影里誓生生④。　　金钗钿盒当时赠⑤，历历春星⑥。道休孤密约，鉴取深盟⑦。语罢一丝清露湿银屏⑧。

注释

① 这是一首悼亡词。

② 阑:尽。

③ 因循:又,再次。

④ 誓生生:谓发誓要永远相守。生生,生生世世。

⑤ 金钗钿盒:参见《鹊桥仙》(乞巧楼空)注⑤。

⑥ 历历:清晰貌。

⑦ "道休"二句:意思是说不要辜负你我的密约,金钗钿盒可见证这个盟约。孤,辜负。鉴取,犹见证。

⑧ 银屏:屏风的美称。

齐天乐

塞外七夕①

白狼河北秋偏早②,星桥又迎河鼓③。清漏频移④,微云欲湿,正是金风玉露⑤。两眉愁聚。待归踏榆花，那时才诉。只恐重逢，明明相视更无语。人间别离无数，向瓜果筵前⑥，碧天凝伫。连理千花⑦，相思一叶⑧，毕竟随风何处。羁栖良苦。算未抵空房，冷香啼曙⑨。今夜天孙，笑人愁似许⑩。

注释

① 这是一首七夕词。词人曾两度随从康熙皇帝赴古北口避暑，并在塞外度过七夕。七夕：农历七月初七夜为七夕。《荆楚岁时记》："七月七日为牵牛织女聚会之夜。"

② 白狼河：今大凌河，在辽宁省境内，此泛指边地。

③ 星桥：即传说中的鹊桥。河鼓：星名，又名天鼓，俗称牛郎星。

④ 清漏：漏壶清晰的滴水声。

⑤ 金风玉露：秋风白露。旧说以四季分配五行，秋令属金，故秋风曰"金风"。李商隐《辛未七夕》诗："由来碧落银河畔，可要金风玉露时。"

⑥ 瓜果筵：《荆楚岁时记》："是夕（指七夕）人家妇女结彩缕，穿七孔针，或以金银鍮石为针，陈几筵酒脯瓜果于庭中以乞巧。"

⑦ "连理"句：用唐明皇、杨贵妃故事。白居易《长恨歌》诗："七月七日长生殿，夜半无人私语时。在天愿作比翼鸟，在地愿为连理枝。"

⑧ "相思"句：参见《金缕曲》（酒浣青衫卷）注⑧。

⑨ "羁栖"三句:谓自己寄居塞外虽然很苦,但相比而言还不及妻子独守空房,焚香已灭而流泪到天明的痛苦。冷香,指焚香已灭。羁,寄居。

⑩ "今夜"二句:谓今夜织女尚与牛郎相会,而人却离别,当为织女笑。天孙,即织女星。

辑评

谭献曰:逼真北宋慢词。(《箧中词》)

河 传①

春浅,红怨②,掩双环③。微雨花间昼闲,无言暗将红泪弹④。阑珊⑤,香销轻梦还⑥。　　斜倚画屏思往事,皆不是⑦,空作相思字⑧。记当时,垂柳丝,花枝,满庭胡蝶儿。

注释

① 这首词叙写一位女子在暮春之际对情人的思念。

② 红怨:言花也含有怨恨的情绪。

③ 掩双环:指掩门。

186

④ 红泪：泪水因沾染面上胭脂而成红色。

⑤ 阑珊：指精神不振。

⑥ 轻梦还：谓从缥缈的梦中醒来。

⑦ 皆不是：左右不是。

⑧ 相思字：韦应物《郊何水部》诗："及覆相思字，中有故人心。"
　　辛弃疾《满江红》词："相思字，空盈幅。相思意，何时足。"

忆秦娥

龙潭口①

山重叠，悬崖一线天疑裂。天疑裂。断碑题字，古苔横啮②。　　风声雷动鸣金铁③，阴森潭底蛟龙窟④。蛟龙窟。兴亡满眼⑤，旧时明月。

注释

① 这首词抒写词人面对塞外奇景而生发的感叹。龙潭口：在今辽宁铁岭境，努尔哈赤曾带兵在此一带与明朝军队交战。

② 啮(niè 聂)：植物命，一种野草。

③ "风声"句：意谓风声如同金铁之鸣。欧阳修《秋声赋》："铮铮铮铮，金铁皆鸣。"

《忆秦娥》（山重叠）

④ 潭底蛟龙窟：龙潭口因龙潭而得名，传说潭底有龙。

⑤ "兴亡"句：谓兴盛与衰亡历历在目。

减字木兰花①

花丛冷眼②，自惜寻春来较晚③。知道今生，知道今生那见卿。　　天然绝代④，不信相思浑不解⑤。若解相思，定与韩凭共一枝⑥。

注释

① 这首词作于妻子卢氏去世后，抒写词人对爱妻永逝的绵绵恨意。

② "花丛"句：谓冷眼看待女子。花丛，指代女子。

③ "自惜"句：唐于邺《扬州梦记》载，杜牧游湖州，颇恋一少女，许以十年为期，将娶为妻，十四年后守湖州，此女已嫁人三载，故悔而作诗曰："自是寻春去较迟，不须惆怅怨芳时。"

④ 绝代：指旷世美女。

⑤ 浑不解：全不知道。

⑥ "定与"句：干宝《搜神记》载，战国时宋康王舍人韩凭娶妻何氏，貌甚美，康王夺之。凭先为康王害，后自杀。何氏亦跳台

而死,遗书愿与凭合葬,康王不许。虽两冢相望,然有大梓木生于两坟间,枝叶相交,有鸳鸯栖于树,晨夕不去,交颈悲鸣,其声甚感人。

减字木兰花①

烛花摇影②,冷透疏衾刚欲醒③。待不思量④,不许孤眠不断肠⑤。　　茫茫碧落⑥,天上人间情一诺⑦。银汉难通,稳耐风波愿始从⑧。

注释

① 这是一首悼亡词。

② 烛花:谓烛影晃动。

③ 疏衾:单薄的被子。

④ "待不"句:谓打算不去思念对方。苏轼《江城子》词:"十年生死两茫茫,不思量,自难忘。"

⑤ "不许"句:谓孤眠没有不断肠的,即孤眠总是断肠。

⑥ 碧落:青天。

⑦ "天上"句:指超越生死的爱情誓言。据陈鸿《长恨歌传》载,天宝十年七月七日之夜唐明皇与杨贵妃在骊山行宫,因感牛

郎织女之事而相许永结同心。参见《鹊桥仙》(乞巧楼空)
注⑤。

⑧ "稳耐"句:意谓甘愿忍受生活的苦难,一切从头开始。稳耐,
忍受。

减字木兰花

新　月①

晚妆欲罢,更把纤眉临镜画。准待分明②,和雨
和烟两不胜③。　　莫教星替④,守取团圆终必
遂⑤。此夜红楼⑥,天上人间一样愁。

注释

① 这是一首咏月词,全词以人写月,以月喻人,构思可谓精巧。

② "准待"句:谓观月之人准备等待分明的月色。

③ "和雨"句:谓新月为烟雨所掩,两者均迷离朦胧。

④ "莫教"句:谓不要以星光来代替月光,表露对以往爱情的坚
贞。李商隐《李夫人三首》其一:"惭愧白茅人,月没教星替。"

⑤ 守取:等待。

⑥ 红楼:闺楼。

减字木兰花①

　　相逢不语，一朵芙蓉着秋雨②。小晕红潮③，斜溜鬟心只凤翘④。　　待将低唤⑤，直为凝情恐人见。欲诉幽怀，转过回阑叩玉钗⑥。

注释

① 这首词刻画了一位女子与意中人相遇时既害羞又不甘放弃的矛盾心理。
② 芙蓉：荷花。
③ "小晕"句：谓女子脸上泛起红晕。
④ "斜溜"句：描写女子发式，言其发鬟顶心斜插着凤形首饰。凤翘，女子佩戴的凤形首饰。鬟(huán 环)心，发鬟顶心。
⑤ "待将"句：谓想要低声呼唤。
⑥ 回阑：曲折的栏杆。

昭君怨①

　　深禁好春谁惜②，薄暮瑶阶伫立③。别院管弦声，不分明。　　又是梨花欲谢，绣被春寒今夜④。寂寂锁朱门，梦承恩⑤。

192

注释

① 这首词反映宫女凄苦无奈的生活境遇。

② 深禁:深宫,宫中称禁中。

③ 瑶阶:台阶的美称。

④ "绣被"句:即今夜绣被春寒。

⑤ 承恩:受到君王的宠幸。

霜天晓角①

重来对酒②,折尽风前柳。若问看花情绪,似当日、怎能够。　　休为西风瘦③,痛饮频搔首④。自古青蝇白璧⑤,天已早、安排就。

注释

① 此词系慰藉身处逆境的友人。

② "重来"句:意谓再次饯别送行。

③ "休为"句:意谓不要悲秋。李清照《醉花阴》词:"帘卷西风,人比黄花瘦。"

④ 搔首:指人焦虑愁思的情态。

⑤ 青蝇白璧:谓苍蝇粪可使白色的玉璧污损,此喻君子为小人所谗毁。

玉连环影①

何处？几叶萧萧雨②。湿尽檐花③，花底人无语。掩屏山④，玉炉寒⑤，谁见两眉愁聚、倚阑干⑥。

注释

① 这首词是词人的自度曲，表现闺怨。
② 几叶：几点。萧萧：风雨声。
③ 檐花：屋檐前的花。
④ 屏山：即屏风，古时屏风上多绘有山水。
⑤ 玉炉：香炉的美称。
⑥ 阑干：栏杆。

画堂春①

一生一代一双人②，争教两处销魂③。相思相望不相亲④，天为谁春。　　浆向蓝桥易乞⑤，药成碧海难奔⑥。若容相访饮牛津⑦，相对忘贫。

注释

① 这首词透露了词人的一段未遂的恋情。

②"一生"句:骆宾王《代女道士王灵妃赠道士李荣》:"相怜相念倍相亲,一生一代一双人。"

③"争教"句:谓为何使情人分居两处而伤心? 争教,怎教。

④"相思"句:王勃《寒夜怀友杂体二首》其二:"故人故情怀故宴,相望相思不相见。"

⑤"浆向"句:意谓在蓝桥要得到爱情很容易。据裴铏《传奇》载,裴航途经蓝桥驿,口渴求饮,得遇云英。裴向其母求婚,老妪告裴,需以玉杵臼为聘。裴访得玉杵臼,遂成婚,捣药百日,双双仙去。蓝桥,在今陕西蓝田县东南蓝溪上。

⑥"药成"句:言纵有不死灵药,也难以像嫦娥那样飞入月宫。词人的意思是说两人虽有深情也难以相见。李商隐《嫦娥》诗:"嫦娥应悔偷灵药,碧海青天夜夜心。"

⑦饮牛津:传说中的天河边,此借指与恋人幽会处。张华《博物志》载:天河与海通,有人居海渚,每年八月乘浮槎去天河,至则见一丈人牵牛饮水。

木兰花令

拟古决绝词①

人生若只如初见,何事秋风悲画扇②。等闲变却故人心，却道故心人易变③。　　骊山语罢清宵半，泪雨零铃终不怨④。何如薄倖锦衣郎⑤，比翼连枝当日愿⑥。

注释

① 这是一首拟古之作，以女子的口吻控诉负心人的薄情。汪刻本于词题下有"柬友"二字，故除"决绝"之意外，可能另有深意。决绝词：是一种以女子的口吻谴责负心人，从而与之绝交之类的作品。古诗《白头吟》："闻君有两意，故来相决绝。"

② "何事"句：用汉班婕妤的故事。班婕妤为汉成帝妃，遭赵飞燕谗言，退居冷宫而作《怨歌行》诗，以秋扇为喻抒发怨意，后常以秋扇见捐喻女子被弃。

③ "等闲"二句：怨恨故人轻易变心，却反而说人心原本是易变的。等闲，轻易地。故人，指情人。

④ "骊山"二句：参见《减字木兰花》(烛花摇影)和注⑦和《南乡子》(泪咽却无声)注⑨。

⑤ "何如"句：谓对方还不如薄情的唐明皇。薄倖(xìng性)，薄情。锦衣郎，指唐明皇。

⑥ "比翼"句：意谓当日曾发誓要像比翼鸟和连理枝一样永相厮守。

遐方怨①

敧角枕②，掩红窗。梦到江南，伊家博山沉水香③。浣裙归④、晚坐思量。轻烟笼浅黛⑤，月茫茫。

注释

① 这首词描写梦中恋人的情形，全词疏宕淡然，情味独具。

② 敧(qī 期)：斜靠。角枕：角制的或用角装饰的枕头。

③ 伊家：伊人，那人。博山：即博山炉，一种香炉。沉水香：即沉香，一种香料。

④ 浣裙：即洗衣。

⑤ 浅黛：指女子眉毛。

茶瓶儿①

杨花糁径樱桃落②。绿阴下、晴波燕掠③，好景成担阁④。秋千背倚，风态宛如昨⑤。　　可惜春来总萧索⑥。人瘦损、纸鸢风恶⑦，多少芳笺约⑧。青鸾去也⑨，谁与劝孤酌⑩。

注释

① 这首词抒写对侍妾沈宛的思念。

② 糁(sǎn 伞):散落。

③ 晴波燕掠:燕子贴着阳光下的水面飞过。

④ 担阁:即耽搁。

⑤ 风态:风神体态。

⑥ 萧索:凄清冷落。

⑦ 纸鸢:风筝。鸢(yuān 渊),老鹰。

⑧ 芳笺:指情书。

⑨ 青鸾(luán 孪):传说中的神鸟,此指代情人。

⑩ 劝孤酌:劝酒。此指侍奉主人饮酒,从中可见该女子的身份。

踏莎行

寄见阳①

倚柳题笺②,当花侧帽③,赏心应比驱驰好④。错教双鬓受东风,看吹绿影成丝早⑤。　　金殿寒鸦⑥,玉阶春草,就中冷暖和谁道⑦。小楼明月镇长闲⑧,人生何事缁尘老⑨。

① 这首词描写词人对闲适生活的向往,流露出对长期侍卫生涯的厌倦。见阳:即张纯修,字子敏,号见阳,康熙十八年任江华县令。

② "倚柳"句:指吟诗作词的高雅生活。

③ 侧帽:斜戴帽子,形容不拘礼法、洒脱自如的举止。

④ "赏心"句:意谓愉悦心志的自由生活应比出充车马的侍卫生活好。驱驰,驱逐奔驰。此指出充车马的侍卫生活。

⑤ "错教"二句:谓不该让黑发早早地被东风吹成白发。绿影,指黑亮的鬓发。成丝早,指鬓发早白。

⑥ "金殿"句:王昌龄《宫词》:"玉颜不及寒鸦色,犹带昭阳日影来。"

⑦ "就中"句:意谓身为宫中侍卫,此中甘苦,能向谁诉说呢?

⑧ 小楼:指自己的家。镇长:经常,时常。

⑨ "人生"句:谓人生为何要在风尘中奔波而老去呢? 缁(zī 资)尘,黑色的灰尘,即风尘。

海棠春①

落红片片浑如雾,不教更觅桃源路②。香径晚风寒，月在花飞处。　　蔷薇影暗空凝伫③，任碧飐④、轻衫萦住。惊起早栖鸦，飞过秋千去。

注释

① 这首词描绘了一幅落寞凄清的暮春月色图，词意没有明确的指向，具有隐约朦胧的美感。

② "落红"二句：意谓因为落花如雾阻碍了视线，所以无法寻觅通往桃花源的路。桃源，此处指爱人的居处。

③ 空凝伫：徒然地凝思期待。

④ 碧飐：指枝叶随风摇动。飐(zhǎn 展)：颤动、摇动。

卜算子

咏　柳①

娇软不胜垂，瘦怯那禁舞②。多事年年二月风，剪出鹅黄缕③。　　一种可怜生，落日和烟雨④。苏小门前长短条⑤，即渐迷行处⑥。

注释

① 这是一首咏柳词。黄天骥在《纳兰性德和他的词》中说："词

以'新柳'为题。表面上,词人描绘一株娇嫩柔弱的柳树,其实以柳喻人。"

② 那禁:哪里经受得住。

③ "多事"二句:贺知章《咏柳》诗:"不知细叶谁裁出,二月春风似剪刀。"多事,无端生事。鹅黄,形容新柳的颜色。

④ "一种"二句:意谓无论在落日黄昏,还是在烟雨迷蒙的时候都是一样的可爱。一种,一样。可怜生,犹可爱。

⑤ 苏小:即钱塘名妓苏小小。长短条:即柳条。

⑥ 即渐:逐渐。